DROEMER

Claire Stihlé

WAS ICH FAST VERGESSEN HATTE

Roman

DROEMER

Besuchen Sie uns im Internet:
www.droemer.de

Aus Verantwortung für die Umwelt hat sich die Verlagsgruppe Droemer Knaur zu einer nachhaltigen Buchproduktion verpflichtet. Der bewusste Umgang mit unseren Ressourcen, der Schutz unseres Klimas und der Natur gehören zu unseren obersten Unternehmenszielen. Gemeinsam mit unseren Partnern und Lieferanten setzen wir uns für eine klimaneutrale Buchproduktion ein, die den Erwerb von Klimazertifikaten zur Kompensation des CO_2-Ausstoßes einschließt.
Weitere Informationen finden Sie unter:
www.klimaneutralerverlag.de

FSC www.fsc.org MIX Papier | Fördert gute Waldnutzung FSC® C083411

Originalausgabe September 2022
Droemer Hardcover

Ein Imprint der Verlagsgruppe
Droemer Knaur GmbH & Co. KG, München

Das Gedicht auf S. 7 stammt aus: © René Char: Paris ohne Ausgang. Aus: René Char: Suche nach Grund und Gipfel. Über den Maquis, Malerei, Dichtung und Philosophie. Aus dem Französischen und mit einem Glossar von Manfred Bauschulte. Klever Verlag (2015).
Covergestaltung: Zero Media
Coverabbildung: Christian Brandl
Satz: Adobe InDesign im Verlag
Druck und Bindung: CPI books GmbH, Leck
ISBN 978-3-426-28254-0

2 4 5 3 1

Pour notre amour

Rue de Sèvres,
Ein Torweg vor dem Kaufhaus Le Tournis,
Es ist Mittag, und der Sommer
Hält über dem Asphalt alles in der Schwebe.
Eine junge Frau,
Die Schattenlinie ihres bloßen Rocks
Ist die Komplizin ihres reizenden Körpers,
Träumt mit offenen Augen,
Sitzt dort auf der Steinschwelle.
Ich nenne sie
Die Leserin mit den zwölf weißen Mohnblumen,
Die Mittägliche,
Obwohl sie die Augen weit offen
Und die Finger gefaltet hat,
In ihrem abwesenden Buch blätternd,
Bleibt sie dort sitzen, ich verliere sie,
Gleich danach, an der nächsten Straßenecke,
Echo der Silbe einer gejagten Geliebten.

René Char, Paris ohne Ausgang, 1966

»Manch Neues entsteht aus einem einzigen Gedanken.«

Lorianne war nicht glücklich, als sie es sich eingestand. Aber auch nicht unglücklich. Sie hätte es niemals für möglich gehalten, doch so war es eben.

Sie lehnte an der Küchenwand und sah nach draußen auf die Straße. Es war ein schöner Tag. Frühlingshaft. Durch das gekippte Fenster drang der Duft nach feuchter Erde. Vogelgezwitscher war zu hören. Der Himmel wirkte wie mit einem Pinsel zartblau betupft.

Gaspard parkte gerade den Wagen in die einzige freie Lücke, die Lorianne vom Fenster aus sehen konnte. Er war ein miserabler Einparker. Auch ein miserabler Autofahrer, weshalb meistens sie fuhr, wenn sie gemeinsam zu Freunden in die Stadt oder einfach nur zum Einkaufen wollten. Diskussionen hatte es darüber nie gegeben.

Lorianne konnte sich nicht erinnern, überhaupt je mit ihrem Mann gestritten zu haben. Eigentlich, wenn sie genauer darüber nachdachte, waren sie stets einer Meinung gewesen. Dabei war es egal, ob es um die Farbauswahl des Stoffbezugs ihres Sofas ging oder darum, was sie zu Abend essen wollten oder im Fernsehen anschauen würden oder wer wann wie was im Haushalt machte – sie waren ein eingespieltes Team. *Ein gut funktionierendes Getriebe,* scherzte Gaspard gelegentlich. Es war typisch für ihn, dass er selbst in Momenten, in denen er ihre Beziehung zueinander beschrieb, seine Arbeit nicht außen vor lassen konnte.

Gaspard war Ingenieur. Ein sehr guter sogar. Und ein gefragter. Mehrere Unternehmen hatten schon versucht, ihn abzuwerben. Doch Gaspard war ein treuer Mensch, nicht nur seiner Frau gegenüber, sondern auch seiner Firma, in der er seit seinem Uniabschluss angestellt und recht schnell aufgestiegen war.

Er liebte seine Arbeit über alles. Die vielen, beinahe täglichen Überstunden empfand er nicht als lästig, geschweige denn als Belastung.

Er tat das, was getan werden musste. So einfach war es. Dennoch hatte ihm Lorianne nie vorgeworfen, er würde sie vernachlässigen. Das konnte sie auch nicht. Seit ihrem ersten Rendezvous vor siebzehn Jahren hatte Gaspard das nämlich kein einziges Mal getan. Selbst dann nicht, wenn er abends spät nach Hause kam oder am Wochenende den Laptop x-mal hochfahren musste, weil wieder irgendetwas im Betrieb *brannte* und er *eingreifen* musste, wie er sagte. Die Zeit, in der er eine Extraschicht schob, holte er stets wieder herein. Da nahm er sich kurzerhand frei, schaltete alles aus, was ihn *anfunken* konnte – ein gängiges Wort in seinem Sprachgebrauch –, und war nur für Lorianne da, oft mit einer Überraschung: einem Picknick am Fluss, einem Ausflug ins Museum, einem Theaterbesuch, zwei Karten für die Oper in Straßburg an der Grande Île – Gaspard fiel immer etwas ein.

In ihrer Beziehung gab es kein Auf und Ab, kein Hin und Her, ihre Liebe war wie ein gemächlich vor sich hin plätschernder Fluss, dem kein Unwetter etwas anzuhaben schien, ohne Ausbrüche und Auswüchse, ohne Schmelze, die das Wasser ansteigen ließ, ohne Schlamm, der ihn verschmutzte, ohne Stein, der von außen hineingeworfen wurde und konzentrische Kreise zog. So hätte Lorianne ihr Zusammensein noch bis eben beschrieben. Doch jetzt, da sie am Fenster stand und ihrem Mann dabei zusah, wie er auch beim zweiten Versuch scheiterte, den Wagen in die Parklücke einzufahren, überkam sie plötzlich ein Gefühl, das sie in nur vier Worte packen konnte: Ich liebe ihn anders.

Zunächst dachte Lorianne die Worte nur und lauschte ihrer inneren Stimme. Das war der Moment, in dem eine Blaumeise angeflogen kam und direkt ihr gegenüber in der schlanken Birke landete, die unweit des Küchenfensters stand. Der Vogel neigte das Köpfchen zur Seite und blickte sie an.

Lorianne sah auf das kleine schwarze Schnäbelchen, von dem aus, wie mit einem Lineal gezogen, zwei schwarze Striche durchs Gefieder und über die ebenfalls schwarzen Augen verliefen. Es kam ihr so vor, als könnte das Vögelchen ihren Gedanken hören. Vorsichtig hüpfend näherte es sich dem Küchenfenster. Der Zweig der Birke schwankte. Dann hielt die Blaumeise inne, öffnete den Schnabel und begann zu zwitschern. Zwei hohe, aufgeregte Töne erklangen, dann folgte ein tiefer werdender Triller. Schließlich flog das Vögelchen weg.

Da sah Lorianne auf den leeren Ast mit den noch jungen Trieben und sprach die Worte, die sie gedacht hatte, zum ersten Mal laut aus.

»Kann ein Gedanke, der so schnell auftaucht wie ein am Himmel vorbeiziehender Vogel, auch genauso schnell wieder verfliegen?«

Lorianne hatte keine Ahnung, warum ausgerechnet an jenem Tag diese Gewissheit aus ihr herausbrach, dass sie ihren Mann zwar liebte, aber anders. Es war nichts Besonderes vorgefallen.

Sie war früh zur Arbeit aufgebrochen, hatte die Mittagspause allein verbracht, war gleich nach Feierabend wieder nach Hause gegangen, vielleicht etwas erschöpfter als sonst, aber das war nicht weiter ungewöhnlich zu dieser Jahreszeit, wenn die Frühjahrsmüdigkeit sie einholte. Es hatte weder ein Gespräch noch eine Begegnung gegeben, die etwas in ihr hätten lostreten können oder erklärten, was gerade in ihr vorging. Sie erkannte nur mit einem Mal, dass die Liebe zu ihrem Mann zwar groß, aber leidenschaftslos war und dass von jenem ungestümen Pulsieren, das sie einst für Gaspard empfunden hatte, nichts mehr übrig geblieben war. Und sie wusste, dass sie etwas ändern müsste. Und zwar heute noch. Jetzt. Nicht irgendwann. Sie hatte den Eindruck, bereits seit Längerem einen Prozess durchlebt zu haben, den sie nur nicht hatte wahrhaben wollen. Dass nun aber die Zeit gekommen war, ihren Mann mit einer Wahrheit zu konfrontieren, die sie selbst noch bis vor ein paar Minuten bestritten hätte.

Schwer fühlte sich ihr Kopf an. Sie spürte das Gewicht all ihrer Gedanken. Es kostete sie Kraft, das Kinn zu heben, während Gaspard den Schlüssel ins Schlüsselloch steckte, die Tür öffnete und wie gewöhnlich ein »Hallo, Liebes!« durch den Flur rief.

Gut sieht er aus, dachte Lorianne unwillkürlich, als

er so dastand in seinem weißen Hemd und dem Dreitagebart, den er sich seit ein paar Tagen stehen ließ. *Stattlich* kam ihr in den Sinn. Sie sah weg von ihm, überrascht, aber auch betroffen. Wie konnte sie sich von seiner Attraktivität angezogen fühlen und gleichzeitig für ihn nicht die Gefühle haben, die sie haben sollte?

»Hattest du einen schönen Tag?«, fragte Gaspard, drückte ihr einen flüchtigen Kuss auf die Wange und ging an ihr vorbei in die Küche.

Jeden Abend stellte Gaspard ihr die gleiche Frage, und Lorianne gab ihm fast immer die gleiche Antwort. Doch diesmal nicht. Die bestätigenden Worte, die sie sonst aus Gewohnheit parat hatte, fühlten sich erstmals sperrig an. Staubtrocken war ihr Mund. Sie schüttelte kaum merklich den Kopf.

Gaspard musterte sie, während er sich ein Glas Wasser einschenkte. Er nahm einen großen Schluck, neigte den Kopf zur Seite – fast so, wie es kurz zuvor die Blaumeise getan hatte. Auf seiner Stirn bildeten sich zwei feine Linien.

»Was ist los mit dir?«, fragte er besorgt.

Lorianne hatte Mühe, die passenden Worte zu finden. Sie brauchte eine Weile, erst dann hörte sie sich wie aus weiter Ferne sagen: »Vielleicht … vielleicht sollten wir uns setzen?«

Sie waren ein gutes Paar. Niemals würde Lorianne das bestreiten. Auch jetzt nicht, da sie kurz davorstand, ihrem Mann zu gestehen, dass sich etwas verschoben hatte und ihre Gefühle für ihn mehr denen glichen, die sie für einen Bruder hätte haben können. Zwar hatte Lorianne keine Ahnung von Geschwisterliebe, sie war ein Einzelkind. Aber sie hatte eine Vorstellung davon, wie sich Geschwisterliebe im Idealfall wohl anfühlen musste, nämlich so wie ihre Liebe zu Gaspard: rein und stark und unmittelbar und unanfechtbar – aber ohne Verlangen.

Gaspard stellte das Wasserglas ab. »Gut«, sagte er, »setzen wir uns. Aufs Sofa?«

»Wie du magst«, antwortete Lorianne. Sie meinte es nicht so ablehnend, wie es klang. Doch der trockene Mund veränderte ihren Tonfall.

»Also?«, sagte Gaspard, nachdem sie saßen. »Was ist geschehen, dass wir uns setzen müssen?« Er sah sie fragend an. Am liebsten hätte sie weggeguckt, doch sie tat es nicht. Sie schaute ihm tief in die grauen Augen. Sie mochte seine Augen. Vor allem seinen intelligenten Blick. Gaspard konnte nicht dumm gucken, egal wie sehr er sich auch bemühen mochte, es würde ihm nicht gelingen. Er strahlte Wissen und Neugierde und Seriosität aus. Gaspard war ein Naturtalent in vielen Dingen. Er konnte singen, warm und voll, dass sich die Brust weitete vor Wohlgefühl. Er war äußerst geschickt, wenn es darum ging, mit den Händen etwas anzufertigen. Handwerken, kochen, zeichnen – alles kein Problem. Das Einzige, was ihm nicht lag, war das Einparken. Ein kleiner Junge, den Gaspard als fast noch Jugendlicher mit dem Wagen seines Vaters verletzt hatte, weil er beim Rückwärtseinparken nicht aufmerksam genug gewesen war, war der Grund dafür. Der kleine Junge kam mit zwei Tagen Krankenhausaufenthalt und dem Schrecken davon, nicht aber Gaspard. Bei ihm waren Schuldgefühle und eine tief liegende Angst geblieben, bis heute, obwohl er sich ihnen in einer Therapie gestellt hatte.

»Also? Was ist passiert?«, wiederholte Gaspard.

Lorianne hörte die Unsicherheit in seiner Stimme. Es war typisch für ihren Mann, dass er das Ausmaß der Unterhaltung schon zu erfassen schien, bevor sie sie überhaupt begonnen hatten.

»Ich hatte vorhin einen Gedanken«, setzte Lorianne an.

»Was denn für einen?«

»Ich dachte, dass ich dich anders liebe.«

Im ersten Moment entspannten sich Gaspards Gesichtszüge. Er wirkte erleichtert. Dann trat Stille ein. Nur das Ticken der Küchenuhr war zu hören. Kurz darauf, von der Straße, der Ruf eines Kindes nach seiner Mutter. Vogelgezwitscher.

»Was meinst du mit *anders?*«, fragte er.

»Ich weiß nicht, wie ich es erklären soll.«

»Versuche es so, wie du es kannst, und überlass mir das Verstehen.«

Lorianne nickte dankbar. Sie war den Tränen nahe. Wie gewohnt reichte Gaspard ihr die Hand, wenn sie nicht weiterwusste. Nur dass er es diesmal für etwas tat, das sich gegen ihn richtete.

»Ich fürchte«, sagte sie, »dass ich dich nicht so liebe, wie man einen Ehemann liebt.«

Alles an Gaspard versteifte sich. Augen, Mund, Oberkörper, Hände, Beine. Lorianne konnte den Schmerz sehen, den sie ihm zufügte und der sich in ihm verfestigte wie trocknender Beton.

»Wie liebt man denn einen Ehemann, deiner Meinung nach?«, fragte er nach einer Weile.

»Nicht so wie einen Bruder.«

»Und wie liebt man einen Bruder?«

»Ich weiß es nicht. Und du weißt, dass ich das nicht weiß. Es ist … Es ist nur ein Versuch, dir zu beschreiben, was ich empfinde. Ich stand vorhin am Fenster, und da war plötzlich diese Klarheit, dass ich dich anders liebe und dass ich dich lieber nicht anders lieben wollen würde, sondern nur lieben, verstehst du, was ich meine?«

»Nein.« Gaspard verengte die Augen. »Ich weiß nicht, wie es ist, jemanden *anders* zu lieben. Ich weiß nur, wie es ist, *dich* zu lieben. Oder willst du mir sagen, dass du jemand *anderen* liebst? Ist es das?« Ein Zittern in seiner Stimme.

»Nein. Das verstehst du falsch.«

»Gut.« Gaspard sah an ihr vorbei. Lorianne wusste, was er tat. Er wollte sich nicht dem stellen, was sie gesagt hatte. Er wollte, dass alles gut war, auch wenn nichts gut war. Sie hatte das Gespräch weder geplant noch durchdacht. Alles war so schnell gegangen, diese Empfindung wie aus heiterem Himmel, die unmittelbare Entscheidung, es ihm zu sagen, ohne sich auch nur einen Gedanken darüber gemacht zu haben, was genau sie sich davon versprach oder wie ihr Mann auf ihre Ehrlichkeit reagieren würde. Aber nun, da sie zusammensaßen und scheinbar alles gut war zwischen ihnen, weil es ihm ausreichte, dass es keinen anderen Mann in ihrem Leben gab, spürte sie, dass sie einen Schritt weitergehen musste, damit sich etwas änderte. Schweiß trat auf ihre Stirn. Ihr Körper wehrte sich regelrecht dagegen, Gaspard zu verunsichern, ihn gar zu verletzen. Doch der Drang nach Erneuerung war größer als die Angst davor, ihre Beziehung infrage zu stellen, die die ganzen Jahre über *funktioniert* hatte. Eine Welle von Mut überkam sie (vielleicht war es auch Egoismus?), wirbelte sie durch, ließ sie taumeln. Plötzlich verstand Lorianne, welche Chance ihrer Erkenntnis innewohnte. Sie wollte nicht mehr sagen können, wie die nächste Woche verlaufen würde. Jeden Tag stand sie auf und duschte, während Gaspard die Wohnung verließ. Jeden Tag frühstückte sie das, was er ihr liebevoll zubereitete.

Jeden Tag saß sie vor dem Computer in der Bibliothek, in der sie arbeitete, und pflegte Informationen ein. Jeden Tag sah sie mit einigen wenigen Ausnahmen die gleichen Menschen durch die Glastür treten, die sich automatisch öffnete und wieder schloss und die dieses leise, rauschende Geräusch von sich gab, das Lorianne oft noch in ihren Träumen zu hören glaubte. Jeden Tag aß sie gemeinsam mit ihrem Mann zu Abend, räumte mit ihm die Küche auf, bis die letzten Brösel im Mülleimer landeten. Dann setzten sie sich aufs Sofa, das über die Jahre hinweg an Festigkeit verloren hatte und sie einsinken ließ, ihn mehr als sie.

»Es ist … anders, Gaspard. Verstehst du mich?« Sie wollte hinter die Schutzmauer gelangen, die er sich aufbaute. Sie wollte, dass er sie sah.

»Wenn du dich selbst nicht verstehst, wie soll ich dich dann verstehen?«, antwortete er. Weg war das Zittern in der Stimme. Nun war er wieder da. Gaspard, der Starke, der alles im Griff hatte. Gaspard, der Verhandler, der wusste, wie er seinem Gegenüber aufzutreten hatte, um zu gewinnen.

»Wieso denkst du, dass ich mich selbst nicht verstehe?«

»Weil ich dich kenne.« Ein scharfer Blick.

»Trotzdem sollten wir es versuchen.« Sie musste dranbleiben. Nicht lockerlassen.

»Was denn? Wovon sprichst du?«

»Dass jeder macht, was er mag.«

»Ich mache, was ich mag. Du etwa nicht?«

Sie schüttelte den Kopf. »Ich muss was für mich tun, allein. Hattest du nie diesen Gedanken?«

»Nein. Ich möchte nicht allein sein. Ich möchte mit dir sein. Jeden Tag und jede Nacht. Möchtest du denn noch mit mir sein?«

Lorianne hob die Schultern.

»Du möchtest dich von mir trennen? Ist es das, was du mir sagen willst?«

Lorianne atmete tief durch. Wieder diese Stille. Dann das Ticken der Küchenuhr. Vogelgezwitscher. »Vielleicht läuft es darauf hinaus?«, flüsterte sie.

»Fragst du mich das?«

Sie nickte.

»Ernsthaft?«

»Ja.«

Gaspard beugte sich zu ihr vor. Er ließ sich Zeit damit, schien nachzudenken. Schließlich sagte er langsam und mit einer Wärme in der Stimme, die ihr wehtat. Sie hatte nicht damit gerechnet. »Lorianne, du kennst meinen Wunsch, mit dir zusammen zu sein. Ich bin glücklich mit dir. Sehr sogar. Es betrübt mich, dass du es offensichtlich nicht mehr bist und dass ich es nicht gesehen habe. Ich wünschte, es wäre nicht so. Ich wünschte, es wäre nie so weit gekommen. Wenn du mir sagst, was ich tun kann, um zu ändern, was zu ändern nötig ist, werde ich es tun. Aber erst einmal liegt es an dir, zu entscheiden, ob mein Wunsch auch deiner ist. Ich habe mich bereits entschieden. Für dich! Damals, als das Schicksal uns zusammenführte, wie jetzt auf dem Sofa. Ich werde mich immer für dich entscheiden. Weil ich dich liebe.«

Dann stand er auf und ließ Lorianne allein.

»Ich war schon eine Frau, als ich noch ein Mädchen war. Die Blicke der Männer veränderten mich vor der Zeit, die ich benötigt hätte, um zu verstehen. Ich wünschte, ich könnte einmal einen Mann mit der Macht ansehen, wie mich die Männer ansehen. Dann wäre die Welt eine andere. Vielleicht.«

Lorianne machte in dieser Nacht kaum ein Auge zu. Gaspard hatte ihr das Schlafzimmer überlassen und sich in sein Büro zurückgezogen.

Lorianne fand keine Ruhe. Sie schritt vor dem Fenster auf und ab, rastlos. Nur gelegentlich blieb sie stehen, sah hinaus in die mondlose Nacht und hielt vergeblich Ausschau nach irgendeinem noch so kleinen Stern, der dem Schwarz des Himmels etwas Helligkeit verlieh.

Nichts passte mehr zusammen. Es war, als wäre in ihr eine Art Mauer zerfallen, die sie unbewusst über Jahre hinweg selbst aufgebaut hatte. Sie fühlte sich schutzlos, ohne inneren Kompass. Unzählige Empfindungen rauschten durch sie hindurch, attackierten sie mit einer Wucht, die sie wanken ließ. Manche verweilten länger, andere waren flüchtig, wurden sofort von neuen überlagert. Das Gedankenkarussell drehte und drehte sich. Lorianne fand keine Möglichkeit, es zu verlangsamen oder mit seiner Geschwindigkeit Schritt zu halten. Gaspard hätte weinen oder sie anschreien können. Es hatte Momente gegeben, da glaubte sie, es wäre gleich so weit. Doch letztlich war er besonnen geblieben, hatte sich verständig gezeigt, trotz seines Schmerzes, seiner Enttäuschung und seines Unverständnisses, die sich unverkennbar in seine Körperhaltung eingeschrieben hatten, als er vom Sofa aufgestanden war: runder Rücken, hängende Schultern, Kopf nach unten geneigt.

Insgeheim hatte Lorianne sich etwas anderes von ihm gewünscht. Einen Ausbruch. Einen Vulkan der

Verzweiflung oder der Vorwürfe. In jedem Fall weniger Größe. Und sicherlich keinen Abgang, mit dem er ihr die alleinige Verantwortung überließ, ob ihre Beziehung weitergehen oder hier und jetzt enden würde. Niemals hätte sich Gaspard in seinem Job so verhalten. Da war er stark, traf Entscheidungen, sagte an, wo es langging. Dass ihm jemand reinredete und einen Weg wies, den er selbst nicht gehen würde, stand nicht zur Diskussion. Gaspard wurde für sein Durchsetzungsvermögen geschätzt, für seine Präsenz und seinen Ideenreichtum. Kaum eine Weihnachtsfeier hatte es gegeben, auf der sein Chef nicht auf Lorianne zugekommen war und Gaspards Führungsqualitäten herausstellte. »Mild im Ton, knallhart in der Sache«, hatte er immer wieder anerkennend betont, Jahr für Jahr, es hatte fast schon Tradition. Wie stolz war sie da auf Gaspard gewesen; fast so, als hätte sein Chef etwas Gutes über sie selbst gesagt. Doch zu Hause fehlte ihm jene Stärke, für die er auf seiner Arbeit angesehen war.

Lorianne atmete tief durch. Sie fühlte sich unglücklich. Sie fühlte sich belebt. Sie fühlte eine tiefe schwere Trauer. Sie fühlte Verunsicherung. Sie fühlte sich schuldig. Sie fühlte sich berauscht. Sie fühlte, dass sie nicht sie selbst war. Sie fühlte, dass sie mehr sie selbst war als je zuvor. Sie fühlte die Aufregung. Den Abgrund. Die Lust am Mut und das Verheißungsvolle, das sie dahinter vermutete. Sie fühlte einen noch nie da gewesenen Hunger nach Veränderung.

Irgendwann, es war schon in den frühen Morgenstunden, legte sich Lorianne endlich ins Bett. Sie nahm Gaspards Zitronenduschgelgeruch wahr, der in den Laken hing. Sie atmete ihn tief ein wie einst, als sie sich das erste Mal geküsst hatten und sie zu wissen glaubte, wie sich reines Glück anfühlte.

Im Süden war das gewesen. In L'Isle-sur-la-Sorgue. Dort hatte sie mit ihren Eltern Urlaub gemacht, während Gaspard in diesem Städtchen wiederum mit ein paar Freunden von der Uni auf Studienreise gewesen war. Auf dem gut besuchten Wochenmarkt dann waren sie im Gedränge unsanft zusammengestoßen, Rücken an Rücken. Lorianne hatte die Hand an die pochende Stelle gehalten, wo Gaspard ihr aus Versehen seinen Ellenbogen hineingebohrt hatte, und sich zu ihm umgedreht. Ein Blick in seine Augen hatte ausgereicht, und der Schmerz ihres Zusammenstoßes war augenblicklich verflogen. An seine Stelle war eine noch nie erlebte Überwältigung getreten. Zum ersten Mal hatte Lorianne verstanden, wie die Bezeichnung *von Amors Pfeil getroffen* zustande gekommen war. Sie hatte sich verletzt gefühlt und zugleich verletzlich. Und sie hatte die Kraft der Anziehung zu diesem Unbekannten wahrgenommen, als sei er das lang gesuchte fehlende Teil, das es ihr ermöglichte, endlich eins mit sich zu sein. Sie hatte den Drang verspürt, nach der Hand des fremden jungen Mannes zu greifen und mit ihm davonzurennen, ganz gleich wohin. Doch stattdessen hatte sie nur etwas holprig eine Entschuldigung hervorgebracht, es täte ihr leid, nicht aufgepasst zu haben. Und Gaspard hatte in der gleichen Zeit die gleichen beschwichtigenden Worte für sie gefunden.

Da waren sie also voreinander gestanden, schüchtern und überrascht von der Simultanität ihrer Bitte um Verzeihung, bis sie irgendwann lachen mussten – es war befreiend und ermutigend gewesen.

Gaspard entlarvte sie kurz darauf als Touristin –

»wegen des Sonnenhuts«, hatte er neckend gesagt und mit dem Finger auf das geflochtene Stroh gezeigt, »welche Einheimische würde schon mit so einem riesigen Ding auf den Wochenmarkt gehen?«. Sie hatte ihn angelächelt und mit »Gut kombiniert, Monsieur le Détective« gekontert, und sie könne wetten, er stamme auch nicht von hier, so wie er daherrede. So waren sie schnell dahintergekommen, dass sie aus der gleichen Gegend stammten.

Lorianne hatte dem jungen Mann angesehen, dass die Tatsache, dass sich zwei Elsässer zufällig auf einem provenzalischen Wochenmarkt trafen, für ihn eine Bedeutung hatte und dass er glaubte, den Zufall habe das Schicksal geschickt. Es hatte an seinem Augenspiel gelegen, an der Art, wie er sie mit seinem Blick erfasste. Als seine Freunde nach ihm riefen, er solle sich beeilen, der Bus nach Marseille warte nicht, zögerte Gaspard nicht lange. Er trat nah an sie heran, sagte, sie würden sich wiedersehen, ganz bestimmt, und gab ihr einen Kuss, mitten auf den Mund – ein Moment wie eine Ewigkeit und doch so flüchtig. Dann lief er davon, ohne ihr seinen Namen genannt oder sie nach ihrem gefragt zu haben.

Nächtelang danach hatte sich Lorianne das Gesicht des jungen, unbekannten Mannes vor Augen geführt und seine leicht eingezogene Unterlippe studiert, seinen lustvollen Blick, der sie auf der Stelle eingenommen und verzaubert hatte und nach dem sie sich genauso sehnte wie nach einer Wiederholung des unverhofften Kusses.

Es hatte Tage gegeben, da war Lorianne morgens aufgewacht und überzeugt davon gewesen, dass diese Begegnung nichts weiter war als ein Traum, der ihr nur real vorgekommen war. Sie war noch sehr jung damals, gerade mal einundzwanzig, unerfahren, wenn auch schon ein paarmal ernsthaft verliebt. Es waren unerwiderte Lieben gewesen, schmerzvoll, da weder gesehen noch erhört. Oft hatte sie sich in die Dunkelheit gewünscht, weil sie keinen Halt mehr fand in dem Licht der Zuneigung, die sie sich herbeisehnte und nicht bekam – noch nicht.

Und schließlich, an einem graukalten, verregneten Montag in ihrer Heimat, war der junge Mann wieder vor ihr gestanden, so wie er es ihr prophezeit hatte. Wieder zufällig, jedenfalls behauptete er das, wobei es in der Kleinstadt, in der sie lebten, eher eine Frage der Zeit war, dass sie sich irgendwann über den Weg liefen.

Lorianne hatte Gaspard angesehen und sofort gewusst, dass das der Beginn von etwas Großem sein würde.

Seit ihrer ersten Begegnung war L'Isle-sur-la-Sorgue ein Sehnsuchtsort für die beiden. Jedes Jahr fuhren sie für ein paar Tage in die ehemalige Fischerstadt in der Provence, gönnten sich eine Auszeit vom Alltag. Im Vergleich zu ihrem elsässischen Heimatstädtchen war L'Isle-sur-la-Sorgue eine Metropole. Dort boomte das Leben. Entlang der Kanäle gab es zig Cafés und Restaurants, und es herrschte eine ausgelassene Stimmung.

Lorianne liebte diese Stadt und alles, was sie mit ihr verband: Wärme, Freiheit, Lebensfreude, Ausgelassenheit. Vor allem die Flohmärkte und Antiquitätengeschäfte hatten es ihr angetan. Zahlreiche Souvenirs hatte sie im Laufe der Jahre gesammelt. Sie standen überall in der Wohnung herum. Der Drehseifenhalter mit der ovalen Eselsmilchseife im

Bad. Im Wohnzimmerregal die leuchtend orangefarbene Keramikvase von einem der Brocante-Märkte. Die drei kleinen Ölgemälde über dem Bett im Schlafzimmer, die einem Triptychon gleich den Berg Sainte-Victoire zeigten – ein beliebtes Motiv von Loriannes Lieblingsmaler Paul Cézanne, weshalb sie diese Arbeit einer aufstrebenden Kunsthochschulabsolventin nicht in der kleinen Galerie hatte zurücklassen können, in der sie sie entdeckt hatten. Und da gab es die weite, luftige Bluse aus seidenähnlichem Stoff in der Farbe des Meeres in den Calanques, die Gaspard ihr zum zehnten Hochzeitstag geschenkt hatte und in der sich Lorianne stets wie die Muse eines Künstlers fühlte.

In Gedanken befühlte sie den Stoff, der sie umschmeichelte. Sie sah sich auf einer der Terrassen entlang der Kanäle stehen, den Wind im Rücken, die Abendsonne im Gesicht, den würzigen, mediterranen Duft der Provence in der Nase, und spürte dem behaglichen Gefühl nach, das ihre Brust erfüllte. Vage, während sich allmählich der Schlaf über sie legte, bekam sie noch mit, wie das Bild von ihr auf der Terrasse verschwand, als hätte der Mistral es verweht, dieser trockene und kalte Fallwind, der selbst die Korkeichen an so manchen Steilhängen dieser Gegend zu formen vermochte. An seine Stelle trat ein anderes, ebenso behagliches Bild: Sie stand in einem kleinen Buchladen. Das große Schaufenster war einladend hell gestaltet, die Regale gut gefüllt und übersichtlich sortiert. Die Glocke über der Tür bimmelte in einem fort. Kunden betraten das Geschäft, gingen auf sie zu, fragten um Rat. Jeder kannte Lorianne. Alle begrüßten sie freundlich, die meisten gar bei ihrem Vornamen. Sie fühlte sich vertraut mit dem, was sie tat. Sie sah sich beim Reden mit den Armen gestikulieren, sie sah, wie ihr ganzer Körper mitspielte, während sie erklärte, eine Empfehlung abgab oder einfach nur laut lachte. Sie glühte vor Freude und Tatendrang.

Sie war glücklich in ihrem Traum.

»Er ist siebenunddreißig. Ich bin siebzehn. Er ist nur ein paar Jahre jünger als mein Vater. Das gefällt ihm. Das hält mich jung, sagt er, während er mich berührt und mit seiner Hand direkt zwischen meine Beine fährt. Ich lasse ihn gewähren. Ich bin es nicht gewohnt, einem Mann zu widersprechen.«

Es war zehn Uhr, als Lorianne von Erik Saties melancholischer Komposition *Gnossienne No. 1* geweckt wurde.

Gaspard hatte den Frühstückstisch gedeckt. Alles war wie immer. Samstags presste er frische Orangen, holte Petits Pains au Chocolat und frische Brioches aus der Boulangerie um die Ecke, stellte das Klassikradio an und toastete zu Klaviersonaten oder Streichorchestern das wattige Gebäck, bis die gesamte Wohnung köstlich nach zerflossener Butter und warmer Vanille roch.

»Guten Morgen«, sagte er.

»Guten Morgen«, antwortete Lorianne. »Du hast Frühstück gemacht?«

»Ich mache jeden Samstag Frühstück.«

»Ja«, sagte sie, »ich habe nur nicht damit gerechnet, dass du nach gestern Abend immer noch Frühstück für uns …«

»Wieso denn nicht?«, unterbrach sie Gaspard.

Lorianne beobachtete ihren Mann, wie er Marillenmarmelade und cremigen Honig auf den Tisch stellte, als sei nichts vorgefallen. Kurz fragte sie sich, ob sie das alles vielleicht nur geträumt hatte. Selten hatte sie so unruhig geschlafen, den Kopf voller Gedanken und Erinnerungen, die sich wie in einer Schneekugel zu einem bedrohlichen Gefühlssturm vermengt hatten. Doch dann schüttelte sie den Kopf, nein, sie hatten geredet, zweifelsohne.

»Du hast bestimmt Hunger.« Gaspard wies Lorianne mit ausgestreckter Hand an, Platz zu nehmen. Er tat das wie ein Kellner in einem der vornehmeren Restaurants. Leicht winkend und geschmeidig in seiner Bewegung.

Lorianne setzte sich und sah auf die Tasse Kaffee, die ihr bereits eingeschenkt worden war. Sogar Milch hatte er aufgeschäumt und etwas Schokoladenpulver darübergestreut. Wollte er jetzt etwa so tun, als sei nichts gewesen? Lorianne überlegte, die Kaffeetasse zu nehmen und in der Spüle auszuschütten. Er konnte doch nicht ernsthaft glauben, ihre Zweifel an ihrer Beziehung mit Schokoladenpulver ersticken zu können.

»Ich habe nachgedacht«, sagte Gaspard da ernst, als könnte er sehen, was gerade in ihr vorging. »Ich werde vorerst zu meinen Eltern ziehen, bis dir klar ist, was du willst. Das wird in dieser Situation das Vernünftigste sein.«

Es war Gaspard anzusehen, dass es ihm nicht gut ging. Blass war er, und er hatte Augenränder, so wie damals, als er sich eine zu kleine Schwimmbrille gekauft hatte, mit der er, stur, wie er war, trotzdem seine Bahnen im Schwimmbad zog, bis er Abdrücke auf der Haut bekam. Überhaupt musste viel vorgefallen oder im Argen sein, wenn er freiwillig zu seinen Eltern ging. Sie waren nicht zerstritten, nur redeten sie nicht viel miteinander. Es war, als sei das gegenseitige Interesse irgendwann einmal abhandengekommen, als akzeptierten sie, dass sie zueinander gehörten, aber keine Gemeinsamkeiten teilten.

Lorianne schämte sich für das, was sie ihrem Mann antat. Für einen Moment wollte sie ihm sagen, dass er alles vergessen solle, was sie gestern zu ihm gesagt hatte, dass sie zufrieden sei mit sich, mit ihm, mit ihrem gemeinsamen Leben. Doch das wäre gelogen gewesen. Und so antwortete sie: »Es ist nicht so, dass ich möchte, dass du ausziehst oder fort von mir gehst. Es ist nur so, dass ich meinen Träumen folgen möchte.«

Gaspard sah sie verwundert an. »Was sind denn deine Träume? Und warum kenne ich sie nicht? Und wie kannst du mich gestern noch aus deinem Leben schicken und heute sagen, dass es nicht so sei, wie es ist?«

Lorianne nahm sich eine Brioche. »Ich …« Sie stockte. »Ich habe keine Antwort darauf, Gaspard.«

»Du möchtest also deinen Träumen folgen, ohne sie zu kennen?«

»Nein. Ich meine, ich will dir nicht wehtun und tue es doch. Meine Träume kenne ich. Du kennst sie auch. Nur standen sie nie zur Debatte. Das ist kein Vorwurf, bitte verstehe mich nicht falsch. Es gab nur nicht den richtigen Zeitpunkt, mich darum zu kümmern, was ich eigentlich will.«

»Und der Zeitpunkt ist jetzt gekommen?«

Sie nickte. »Ich denke schon.«

»Das ist es also«, sagte Gaspard wie zu sich selbst.

Lorianne überlegte, was er wohl meinte. Dann kam es ihr in den Sinn. Ja, vielleicht hatte er recht. Ihre veränderten Gefühle für ihn mussten etwas mit ihren nicht erfüllten Träumen zu tun haben. Sie musste sich erst um ihre Träume kümmern, um zu verstehen, was los mit ihr war und wohin sie gehörte.

»Ich möchte nach L'Isle-sur-la-Sorgue ziehen und dort meine eigene Buchhandlung eröffnen«, platzte es aus Lorianne heraus.

Gaspards Augen begannen zu leuchten.

»Das ist ein schöner Traum, Lorianne. Er ist auch deswegen schön, weil er mit mir zu tun hat. Dort hat alles begonnen, erinnerst du dich?«

Lorianne lächelte. »Wie könnte ich mich nicht daran erinnern?«

»Wenn es das ist, was du willst, wenn es das ist, was uns rettet, dann lass es uns tun!«

… *Uns rettet* … »Nein.« Lorianne schüttelte den Kopf. Es war eine spontane Reaktion.

»Warum nicht?«

»Du hast deine Arbeit hier. Dein Leben …«

»*Du* bist mein Leben.«

Lorianne senkte den Kopf. Sie nahm das Flehen in seiner Stimme wahr. Das Unverständnis. Die Angst, ohne Groll und Wut. Die würde später kommen, bestimmt.

»Es tut mir leid. Ich habe versucht, es dir zu erklären. Ich weiß nicht, wieso ich gestern diesen Gedanken hatte, der sich … so wahr … anfühlt. Ich kann dir auch nicht sagen, weshalb ich seit dieser Erkenntnis das Bedürfnis habe, mein Leben umzukrempeln. Ich habe Angst davor, es zu tun, doch es muss sich etwas ändern. *Ich* muss mich ändern. Allein, ohne dich Ich weiß, du würdest alles für mich tun. Und ich würde mich sicherer in meiner Entscheidung fühlen, wenn ich deine Hilfe annähme. Aber ich würde dir Hoffnung machen, und da ich keine Ahnung habe, wohin das alles führt und wie es endet, möchte ich dir diese Hoffnung nicht geben.«

Gaspard schwieg eine Weile. Dann sagte er: »Du sagst, du weißt nicht, wie alles endet. Allein in dem Nichtwissen steckt so viel Hoffnung. So viel! Verstehst du das?«

Tränen kündigten sich an, wärmten ihre Wangen, über die sie langsam zu kullern begannen.

»Lorianne!«, bat Gaspard. »Lass mich dir helfen. Wenn du nach L'Isle-sur-la-Sorgue möchtest, bitte mach das. Und ich unterstütze dich, wenn du mich nur lässt.«

»Es wäre leichter für mich, wenn du wütend wärest.«

»Wer sagt, dass ich es dir leicht machen möchte?«

Lorianne wischte die Tränen weg.

Gaspard griff nach ihrer Hand.

»Ich möchte dir helfen, weil ich dich liebe und weil ich glaube, dass du mich nicht nur *anders* liebst, sondern *sehr* liebst und dass du das nur gerade nicht sehen kannst, aber erkennen wirst, sobald du von mir weg bist. Das ist meine Hoffnung, und die treibt mich an. Und ich möchte, dass du deinen Traum lebst. Das sollten wir tun. Du und ich.« Er ließ ihre Hand wieder los.

Lorianne schwieg. Gaspard erwartete von ihr keine Antwort darauf, das spürte sie. Außerdem hätte sie ihm in dem Moment auch keine geben können. Zu sehr kämpfte sie damit, nicht noch mehr Tränen zu vergießen.

»Ich sehne mich nach seiner Stimme, rau und warm. Ich sehne mich nach seinen Händen, groß und stark. Ich sehne mich nach seiner Schulter, die so vieles getragen hat. Ich sehne mich nach seiner Begierde, überwältigend wie ein Sturm, der übers Meer fegt. Ich sehne mich danach, die Einzige für ihn zu sein.«

Von jenem Morgen an war Gaspard voller Tatendrang. Es war, als würden ihn Loriannes Pläne beflügeln. Er stand noch früher auf als gewohnt, fuhr zum Baumarkt, besorgte Umzugskartons. Er strotzte geradezu vor Energie und guter Laune. Nicht dass Gaspard nicht auch sonst ein aktiver und fröhlicher Mensch gewesen wäre. Aber dass er mit der gleichen Energie, mit der er sonst an seine Arbeit ging oder ihre Freizeitgestaltung plante, nun ihr gemeinsames Bücherregal ausräumte und die Küchenutensilien in Kisten verpackte, noch bevor Lorianne eine Bleibe in L'Isle-sur-la-Sorgue gefunden hatte, wunderte Lorianne doch sehr. Fast kam es ihr so vor, als könnte er es kaum erwarten, sie endlich loszuwerden. Der Gedanke versetzte ihr einen Stich. Und gleichzeitig war sie ihm dankbar für seine Hilfe. Insgeheim wusste Lorianne, dass sie selbst so schnell nichts unternehmen würde, um ihren Traum real werden zu lassen. Sie würde sich erst einmal darauf ausruhen, überhaupt den Schritt gewagt zu haben, ihrem Mann zu gestehen, ihn anders zu lieben und sich verändern zu wollen. Gaspard hingegen tat alles dafür, dass ihr Traum nicht mehr nur ein Traum blieb. Er hatte ihr sogar angeboten, Loriannes Eigentumswohnung zu mieten, sodass sie die Einkünfte für die Ausgaben ihrer neuen Wohnung verwenden könne. Und er hatte einen stolzen Preis genannt, der weit über dem Mietspiegel ihrer Gemeinde lag. Lorianne hatte seinen Vorschlag zunächst als absurd abgetan, »Wir sind verheiratet, es ist auch deine Wohnung!«, ihn dann aber doch akzeptiert. Es war der einfachste Weg und eine gute Lösung.

Stundenlang klickte sich Gaspard seither durch Immobilienanzeigen in L'Isle-sur-la-Sorgue, schrieb Makler an, vereinbarte Besichtigungstermine, legte Lorianne bald eine Liste mit Namen, Adressen, Quadratmeterangaben und Kosten vor und wann sie wo zu sein hatte, um sich ein Bild vor Ort zu machen. Gaspard hatte Feuer gefangen. Er kämpfte für ihren Traum. Er sagte, ihr Glück sei auch seines, und daher hätten sie das gleiche Ziel.

Lorianne war sich da nicht so sicher.

Zwei Wochen später bezogen sie das kleine, mit Blauregen bewachsene Hotel in L'Isle-sur-la-Sorgue, in dem sie schon oft abgestiegen waren, als sie dort Urlaub gemacht hatten. Gaspard hatte es im Vorfeld für sie beide gebucht und wie immer an alles gedacht, diesmal sogar an zwei Einzelzimmer auf der gleichen Etage.

Der Hotelier kannte sie gut. Er hatte ihnen immer wieder einmal an der Hotelbar einen Pastis ausgegeben und mit ihnen über das Leben und die Liebe geredet – am liebsten über Letzteres. Er war ein diskreter Mann und gab ihnen die beiden Zimmerschlüssel, ohne Fragen zu stellen. Sicherlich hatte er schon öfter Ehen auseinandergehen sehen.

Gaspard gab Lorianne einen Kuss auf die Wange und wünschte ihr einen erholsamen Abend. Dann zog er sich zurück. Lorianne sah ihm hinterher, wie er den schmalen Flur entlangging und in seinem Zimmer verschwand, ohne sich noch einmal nach ihr umzusehen. Lorianne spürte eine unangenehme Enttäuschung in sich aufsteigen. So sang- und klanglos sollte ihre Ankunft in L'Isle-sur-la-Sorgue nicht ablaufen. Es war zu schön und milde draußen, als dass sie sich ins Hotelzimmer hätte verkriechen wollen. Von überallher waren Gespräche zu hören, geschäftiges Treiben in den Gassen, Rufe von Kindern, Lachen. Es herrschte eine flirrende, knisternde Stimmung. Sie hatte große Lust, im Sonnenuntergang auf einer der Restaurantterrassen Wildente mit Oliven zu essen oder marinierte Wachteln und dazu einen Rosé zu trinken, gut gekühlt. Aber sie wollte nicht allein sein. Und da sich Gaspard trotz ihrer sie entzweienden Eröffnung nie von ihr distanziert hatte, war sie davon ausgegangen, es würde hier, im Süden des Landes, gerade so weitergehen wie zu Hause – ein Beziehungsleben auf Standby. Zwar hatten sie nicht mehr in einem Bett geschlafen, geschweige denn sich geliebt, aber das war sowieso nur noch selten vorgekommen. Dafür allerdings hatten sie weiterhin jeden Tag gemeinsam gefrühstückt und am Abend sogar zusammen gekocht. Sie waren auch spazieren gegangen und zum Einkaufen gefahren, und gelegentlich hatte Gaspard sie wie ein sie beschützender großer Bruder in den Arm genommen und gesagt, am Ende werde alles gut werden.

Doch seit sie im Hotel eingecheckt hatten, wirkte er traurig und in sich gekehrt. Er machte keine Anstalten, mit ihr im milden Abendlicht noch etwas Zeit verbringen zu wollen. Lorianne vermutete, er realisierte allmählich, dass ihr gemeinsames Leben hier, in L'Isle-sur-la-Sorgue, wo einst alles begonnen hatte, ein Ende finden könnte. Gaspards Hotelzimmertür fiel ins Schloss, und Lorianne wunderte sich, mit welcher Distanz sie die Situation für sich erfasste und wie wenig Wehmut in dem Moment in ihr aufkeimte. Sie erkannte sich nicht wieder. Es drängte sie vorwärts, nicht zurück. Sie wollte nicht weiter über Gaspard nachdenken, sich nicht von ihm herunterziehen lassen. Sie war jetzt hier, am Beginn ihrer neuen Zukunft.

Geschwind tauschte sie ihr festes Schuhwerk gegen ihre Sommersandalen ein und entschied, ein wenig allein durch die Gassen zu schlendern. Das würde sie ablenken.

Eine Menge Touristen waren unterwegs. Sie hörte Niederländer und Deutsche, aber auch viele Franzosen, die wie sie aus einer anderen Ecke des Landes hierhergefahren waren und sich von einem Lädchen zur nächsten Patisserie, von einem Café zum nächsten Restaurant, von einem Stand mit Lederartikeln zum Antiquitätengeschäft treiben ließen. Sie erfreute sich an dem klackenden Geräusch, das ihre Sommersandalen auf dem Asphalt machten.

Irgendwann setzte Lorianne sich an einen freien Tisch auf einer der vielen Brückchen, die einige der Restaurants als ihre Außenbereiche nutzten, legte die klatschmohnrote Handtasche neben sich auf den Stuhl, die sie kurz zuvor einer jungen Händlerin im Batikkleid abgekauft hatte, und nahm die Speisekarte zur Hand. Sie spürte die Sonne in ihrem Rücken, die schneller wärmte als die Sonne zu Hause, sie nahm das Licht wahr, das von den noch leeren Gläsern auf dem Tisch reflektiert wurde und ihr gelber und weicher vorkam als das Licht in ihrer Heimat. Sie schloss die Augen, hob das Kinn an, um den Moment jener Zufriedenheit zu genießen, den sie sich erhofft hatte, als sie plötzlich mit »Madame?« angesprochen wurde.

Lorianne öffnete die Augen. Sie war sich sicher, es war der Kellner, der ihre Bestellung entgegennehmen würde. Doch der Mann, der vor ihr stand, gehörte offensichtlich nicht zum Personal des Restaurants. Zumindest trug er keine weiße Schürze und kein weinrotes Hemd wie die Bedienung sonst hier.

»Ja?«, sagte Lorianne.

»Verzeihen Sie, wenn ich einfach so an Ihren Tisch trete. Aber ich habe Sie hier alleine sitzen sehen und mich gefragt, ob Sie vielleicht noch auf jemanden warten, wovon ich ausgehe, denn eine Frau wie Sie ist an so einem schönen Abend mit Sicherheit nicht allein unterwegs, aber man weiß ja nie, habe ich zu mir gesagt und all meinen Mumm zusammengenommen, um Sie anzusprechen, in der Hoffnung, dass Sie doch nicht in Begleitung hier sind und sich vielleicht eine wünschen, also meine?«

Der Mann redete so schnell, dass Lorianne glaubte, sie könnte ihm gleich nicht mehr folgen. Er hatte einen südlichen Akzent, verschluckte einen Teil der Worte und dehnte sie an anderer Stelle. Lorianne musterte ihn. Er war groß, hatte dunkles volles Haar und ein braun gebranntes Gesicht, das fast ledrig wirkte. Es gab einen guten Kontrast ab zu dem transparenten Brillengestell, das ihm etwas Lässiges und Intellektuelles verlieh. Er war auf eine interessante, neugierig machende Weise attraktiv.

»Da Sie mir nicht antworten«, fuhr der Mann fort, »muss ich wohl leider davon ausgehen, dass Sie kein Wort Französisch verstehen, was nicht weiter schlimm wäre, denn ich kann auch mit Händen und Füßen reden« – er machte ein paar lustige Gesten – »und auch fließend Englisch, allerdings mit schlimmem Akzent.«

Lorianne musste lachen.

»Ah!«, sagte der Mann und schenkte ihr ein breites Lächeln. »Das ist also geklärt, Sie verstehen mich, wie schön. Darf ich mich setzen?«

Lorianne zögerte. Doch dann nickte sie.

Der Mann zog den Stuhl zurück, nahm Platz, sah sie immer noch lächelnd an. Lorianne wich für einen Moment seinem intensiven Blick aus und fragte sich, ob sie zu schnell zugestimmt hatte, dass er ihr Gesellschaft leisten durfte, ob sein offensichtliches Interesse an ihr nicht zu aufdringlich war, ob es Gaspard gegenüber fair war, hier mit einem Fremden zu sitzen, während er in seinem Hotelzimmer schlief oder fernsah, ob sie diesen Mann nicht lieber wieder rasch loswerden sollte – und entschied sich schließlich dagegen. Sie sah auf seinen Mund und die Grübchen daneben, die davon zeugten, dass er viel lachte. Sie sah in seine kastanienbraunen Augen, von dichten schwarzen Wimpern gesäumt, und musste sich eingestehen, dass er ihr sehr gut gefiel. Sie fühlte sich von ihm angezogen.

»Ich heiße Amaury«, sagte er und erhob sich wieder vom Stuhl, beugte sich weit über den Tisch und drückte ihr abwechselnd drei Küsschen auf jede Wange.

»Lorianne«, antwortete sie, während er sie noch immer begrüßte.

»Angenehm.« Er machte eine verbeugende Geste.

»Ich weiß, dass man sich hier in der Gegend doppelt so viele Küsschen gibt wie bei uns daheim«, sagte Lorianne, als er sich wieder ihr gegenüber hingesetzt hatte. »Aber sechs *bises,* das ist mir neu.«

»Ich habe nicht mitgezählt«, meinte Amaury und zwinkerte ihr zu. »Verraten Sie mir, wo Ihr ›Daheim‹ ist? Und wer ›uns‹ ist?« Er zog die Augenbrauen hoch, nur ein klein wenig, aber Lorianne nahm es dennoch wahr.

»Elsass«, antwortete sie knapp. »Und: mein Mann und ich.«

Über Amaurys Gesicht schlich ein Schatten, als

trübte für einen Moment eine vorbeiziehende Wolke das Abendlicht.

»Sind Sie geschäftlich hier? Im Urlaub?«, fragte er ruhig.

»Beides«, sagte Lorianne nach kurzer Überlegung.

Der Kellner kam, stellte eine Karaffe mit Wasser auf den Tisch, dazu einen Korb mit aufgeschnittener Baguette. Lorianne beobachtete, wie er das Teelicht in der bunten Glasschale anzündete. Jede seiner Bewegungen kam ihr bedacht vor, als verginge die Zeit an diesem Ort langsamer als sonst irgendwo.

»Was darf ich Ihnen bringen?«, fragte der Kellner.

Lorianne war noch nicht so weit. Sie hatte die Karte bisher nur überflogen und wählte daher spontan das Gericht, hinter dem *Empfehlung des Tages* stand. Doch Amaury schüttelte energisch den Kopf und bestand darauf, dass sie das Crespéou bestellte, es sei für so einen milden Abend geradezu perfekt. »Leicht, mediterran und nicht zu unterschätzen.«

»Aber einen Rosé darf ich dazu trinken, ja? Oder suchen Sie mir auch noch das passende Getränk aus?«, fragte Lorianne, selbst überrascht von ihrem schäkernden Tonfall.

Amaury antwortete ihr mit einem Kuss durch die Luft.

Ein Kuss, der sie unerwartet traf wie ein Schlag.

»Ich habe ihn gesehen. Auf dem Marktplatz. Mit seiner Frau und seinen drei Kindern. Zwei Mädchen, ein Junge. Sie könnten meine kleinen Geschwister sein. Ich bin an ihnen vorbeigelaufen, so nah es ging, ohne sie anzusehen. Währenddessen dachte ich nur an eines: an die Nacht zuvor, mit ihm, als er mir gestand, mich zu lieben. Ich wusste, er würde meine Gedanken spüren, sie würden ihn treffen wie Pfeilspitzen. Kaum war ich an ihnen vorüber, nahm ich seinen erschrockenen Blick in meinem Rücken wahr. Die Angst davor, dass seine Liebe zu mir auffliegt. Und der geheime Wunsch, ich möge stehen bleiben, ihn, den Ehrenmann, wie ein Kind an die Hand nehmen und mit ihm davonrennen, dahin, wo wir wir sein könnten.«

Lorianne redete an jenem Abend so viel über sich wie lange nicht mehr. Amaury wollte alles über sie wissen und machte keinen Hehl daraus, dass er sie ausfragte. Er sagte es ganz direkt: »Erzählen Sie mir von sich. Ich möchte Ihre Träume kennen, Ihre Ängste, Ihre Leidenschaften. Ich möchte Sie verstehen.«

Amaurys Interesse entfachte zwei Feuer in Lorianne: das der Neugierde und das des schlechten Gewissens. Es tat ihr gut, an diesem hübsch eingedeckten Tisch zu sitzen mit diesem attraktiven fremden Mann, dem offenbar nichts lieber war, als mit ihr zusammen zu sein. Sie genoss seine begehrenden Blicke, unter denen sie sich schön fühlte; und sie genoss das unerwartete Gefühl von Vertrautheit, das den Wunsch in ihr weckte, die Gegenwart möge ewig dauern. Seit Langem wieder verspürte sie auch jene innere Hitze des Verlangens, das ihr bei ihrem Mann fehlte. Es war über die Jahre hinweg verloren gegangen. In ihrem Bauch kribbelte es, und sie war wie gebannt von der Kraft der Erregung, die in ihr losbrach.

Gleichzeitig fühlte sich Lorianne schlecht wegen ihrer Gefühle. Sie erlebte etwas, das Gaspard den Boden unter den Füßen wegziehen würde, wenn er davon wüsste. Plötzlich hatte sie Sorge, er könnte es sich anders überlegt haben und sie suchen. Sie fürchtete, er würde im nächsten Moment am Anfang des Brückchens stehen und sie mit Amaury im Licht der untergehenden Sonne sehen und erkennen, dass sie bereit war, das, was ihr fehlte, das, was sie als *anders* bezeichnet hatte, leichtfertig aufzufüllen mit einem Abenteuer. Denn was sollte dieser fremde Mann anderes für sie sein? Sie war verheiratet. Sie wurde geliebt. Was wollte sie eigentlich? Vorbei war die sorglose Distanz, die sie noch im Hotel überrascht hatte. Das Konkrete holte sie zurück auf den Boden des Ungeklärten.

Auf keinen Fall hatte sie vor, Gaspard noch mehr zu verletzen. Er war für sie da, trotz ihrer Zurückweisung. Er war mit ihr mitgekommen, um ihr zu helfen. Sie hatte ihn nicht darum gebeten und seine Unterstützung dennoch angenommen. Am Anfang war sie sich deswegen feige vorgekommen, irgendwann hatte sie sich Ausreden zurechtgelegt und sich vorgesagt, ihre Ehe müsse die Belastung ihrer plötzlich aufgekommenen Zweifel ertragen, sollte sie Bestand haben. Jetzt aber war kein Platz mehr für Ausreden. Der Reiz der Freiheit, sich von ihrem Mann zu lösen, war süß im Traum und bitter in der Realität.

Dennoch beschloss Lorianne, in dem Restaurant zu bleiben und das Risiko einzugehen, Gaspard wehzutun, sollte er sie zufällig sehen. Hatte er ihr nicht auch einmal wehgetan, als er die Briefe einer jungen Kollegin vor ihr versteckte, die sich in ihn verliebt hatte? Mindestens zwanzig an der Zahl waren es gewesen, die er in seiner Schublade gesammelt hatte, geschrieben innerhalb von acht Wochen. Lorianne war zufällig auf sie gestoßen, als sie ein Stück Klebestreifen brauchte, den sie aus seinem Arbeitszimmer holen wollte. Die Schublade hatte offen gestanden, *In Liebe, Deine Blondine* hatte auf dem obersten hellgelben Papier gestanden, gut lesbar, es war ihr sofort ins Auge gestochen. Gaspard hatte ihr versichert, dass nichts zwischen ihm und dieser jungen Kollegin laufe, dass sie ihm nur ständig diese Briefe schreibe, dass er ihr bereits gesagt habe, sie solle das sein lassen, er habe kein Interesse, aber sie höre nicht auf. Er sammle die Briefe nur, um etwas in der Hand zu haben, falls die Obsession – so hatte er es genannt – der jungen Frau zum Problem werde. Warum er ihr nichts davon gesagt habe? Weil es ihm schlichtweg nicht wichtig erschienen sei, hatte er geantwortet, und Lorianne hatte gespürt, wie Zweifel an seiner Aussage ihr Herz durchbohrten. Bald darauf stellte sich heraus, dass Gaspard die Wahrheit gesagt hatte. Er war nicht der Einzige, den die junge Kollegin mit ihren Gefühlen bedrängte. Doch obwohl alles gestimmt hatte, war bei Lorianne eine Leerstelle zurückgeblieben, die sie lange Zeit nicht aufzufüllen wusste. Wieso hatte er ihr davon nichts erzählt?

Es war kindisch, jetzt daran zu denken und sich einzureden, dass sie wegen dieser uralten Geschichte, die gar keine gewesen war, das Recht habe, ihrer Neugierde nachzugeben. Doch die Kraft der Anziehung zu diesem fremden Mann war stärker als die Vernunft – und für den Moment war Lorianne dankbar dafür, dass diese Erinnerung sie eingeholt hatte. Sie kam ihr vor wie eine Eintrittskarte zu einem neuen Lebensabschnitt.

Es wurde spät. Stundenlang redeten sie, lachten, erzählten sich gegenseitig voneinander. Nicht das Übliche. Nicht, was sie beruflich machten, nicht, wie alt sie waren, nicht, wie sie lebten. Es war, als hätten sie sich abgesprochen, lieber die Details jener Empfindungen zu beleuchten, die sonst kaum zur Sprache kamen: was das Blau des Himmels mit ihnen machte, ein Rapsfeld, über das der Wind fegte, das Meer, wenn es kurz vor einem heftigen Sturm schwarz zu werden schien. Sie fanden heraus, wie schwer es ihnen fiel,

Menschen sympathisch zu finden, die quälend langsam sprachen, so als klebte Kaugummi an ihren Sätzen. Sie beschrieben sich gegenseitig den Schauder, der sie überkam, wenn Milch überkochte und auf der Herdplatte einbrannte, bis sich der süßliche Geruch in Gestank verkehrte. Sie erinnerten sich gemeinsam an ihre schönsten Kindheitserlebnisse und auch an die schlimmsten. Lorianne bekam feuchte Augen, als Amaury ihr von seinem Bruder erzählte, der mit vier Jahren unweit des Strands von Fos-sur-Mer in den Wellen ertrunken war. Ihre Gespräche flossen dahin wie die Sorgue unter ihnen – beständig und ohne Pause. Und obwohl alles, was sie sich anvertrauten, im plauderhaften Ton zur Sprache kam, selbst die traurigsten Erinnerungen, so hatte das Gesagte nichts Oberflächliches an sich. Ihre Worte drangen in die tiefen Schichten ihrer Auffassungen von sich und der Welt vor und brachten sie einander näher.

Das Essen war köstlich. Amaury hatte nicht zu viel versprochen, als er ihr das Crespéou empfahl. Es passte genau zu diesem Abend voller Überraschungen. Auch die flambierten Himbeeren an hausgemachtem, leicht salzigem Pistazieneis, die Amaury für sie beide als Dessert bestellte, waren perfekt ausgesucht.

Lorianne nahm die Serviette zur Hand, tupfte sich den Mund trocken. Sie wusste, dass Amaury sie beobachtete, auch wenn sie ihn nicht ansah. Sie spürte seine Energie auf sich ausstrahlen, sonnte sich in ihr. Erst dann ließ sie die Serviette sinken, nahm das Glas zur Hand, die Augen nach wie vor nicht auf ihn gerichtet. Sie trank es aus, stellte es behutsam auf den Tisch zurück, folgte mit dem Zeigefinger dem Tropfen Kondenswasser, der den Stiel des Weinglases hinabrann. Sie wusste, der Moment war gekommen, an dem sie mit zu Amaury nach Hause gehen oder sich verabschieden könnte.

Ihr Herz schlug schneller, als sie sich vorstellte, sich bei ihm unterzuhaken und so das Restaurant zu verlassen. Sie wusste, sie musste eine Entscheidung treffen, bevor sie ihn ansah, sonst würde er für sie entscheiden, und sie wäre unfähig, an diesem Abend einen anderen Weg einzuschlagen als den, den er für sie beide gezeichnet hätte.

»Ich werde jetzt gehen«, sagte sie, ohne den Blick von dem schillernden Tropfen zu wenden, der inzwischen zum Stillstand gekommen war.

»Wie schade«, entgegnete Amaury, und seine Worte waren ein Flüstern im leichten Wind.

Sie nahm ihren Sonnenhut von der neuen, klatschmohnroten Handtasche, zog ihn tief in die Stirn.

»Die Sonne hat längst zur Ruhe gefunden«, sagte er. »Für heute Nacht ist der Schutz vor ihr nicht mehr nötig, auch wenn Ihnen der Hut ausgesprochen gut steht.«

Lorianne sah den Mann an, der kein Fremder mehr war, berauscht von dem Strahlen seiner Augen.

»Er beschützt mich dennoch«, sagte sie.

»Vor was? Oder sollte ich fragen: Vor wem?«

Lorianne fuhr sich mit der Zunge über die Lippen, schmeckte dem Rosé nach, der sie erfrischt hatte.

»Vor der Verheißung«, sagte sie und sah ihn nun endlich an.

Amaury lehnte sich im Stuhl zurück, verschränkte die Arme vor der Brust, als fröstelte es ihn.

Langsam drehte sich Lorianne um und ging in Richtung der schmalen Altstadtgassen davon.

»Wer ist er, der mir seine Liebe nur flüstern kann, dann, wenn ich schlafe?«

Lorianne wusste nicht, wie sie ihrem Mann unter die Augen treten sollte, ohne sich zu schämen. Sie hatte Amaury mit ins Bett genommen – in Gedanken. Sie hatte mit sich gerungen, sich zunächst geziert, sich ihm hinzugeben, um im gleichen Moment dann doch nach seiner warmen, kräftigen Hand zu greifen und sie in die Mitte ihres Verlangens zu ziehen, dorthin, wo Gaspard nur noch selten hinfand, und falls doch, fehlte jener berauschende Taumel, in den sie gefallen war, als sie Amaury kennenlernte.

Noch nie war Lorianne ihrem Mann fremdgegangen, auch nicht in der Fantasie. Zwar hatte es Situationen gegeben – sie dachte an den sportlichen, dynamischen jungen Mann in der Straßenbahn in Straßburg, der sie erst ungeniert beobachtet und ihr dann beim Hinausgehen ins Ohr geflüstert hatte, wie gern er jetzt mit ihr schlafen würde –, da hätte sie ihrer Begierde gerne freien Lauf gelassen. Doch jedes Mal war Gaspard vor ihrem inneren Auge erschienen und hatte die Lust auf einen anderen vertrieben, die in ihr aufgeflammt war. Jetzt allerdings, da die Fantasie ein Gesicht bekommen hatte, verhielt es sich anders. Lorianne wusste, sie würde es wieder tun, auch dann, wenn Gaspard direkt neben ihr läge, würde sie sich wünschen, von Amaury berührt zu werden.

Es klopfte an der Zimmertür. Lorianne zuckte zusammen. Sie war noch nicht bereit für Gaspard. Erst wollte sie sich duschen, die Nacht der Begegnung mit Amaury abwaschen.

»Wir haben gleich unseren ersten Besichtigungstermin!«, rief Gaspard durch die Tür. Er klang ungeduldig, auch etwas nervös.

Unseren Besichtigungstermin, dachte Lorianne und fühlte sich elend. Es war erbärmlich, Hilfe von ihrem Mann anzunehmen, den sie auf die Ersatzbank geschickt hatte. Und es war erbärmlich, dass er sie ihr überhaupt anbot, nach all dem, was sie ihm so abrupt eröffnet hatte. Wo war seine Würde hin? Hatte sie sie ihm genommen? Oder er sie sich selbst?

»Ja«, antwortete sie nur. Mehr brachte sie nicht heraus.

»Gut«, sagte Gaspard. »Ich warte in der Lobby auf dich.«

Lorianne atmete auf, als sie ihn weggehen hörte. Wohlvertraut war ihr der Rhythmus seiner Schritte. Und doch kamen sie ihr vor, als gehörten sie zu einem Fremden.

Die Wohnung lag mitten im Stadtzentrum an einem belebten kleinen Platz mit dickstämmigen Platanen. Die Sonnenschirme der Restaurants und Cafés, die zwischen den Bäumen ihre Tische und Stühle aufgestellt hatten, leuchteten so fröhlich bunt wie die Hausfassaden hinter ihnen.

Lorianne sah sich um. Ihr gefiel, was sie sah. Sie mochte die gusseisernen Straßenlaternen, die an übergroßen Bischofsstäben zu hängen schienen. Sie hatte Freude an den ausgeblichenen Fensterläden, von denen einige geschlossen waren, ohne dass dieses Sträßchen auch nur ein klein wenig verschlafen wirkte. Im Gegenteil. Hier herrschte jene ausgelassene Stimmung, die Lorianne in ihrer Heimat fehlte. Oder sollte sie sagen, in ihrem Leben? Es kam ihr vor, als würde jeder in dieser Stadt tagtäglich Urlaub machen, als gäbe es keinen Alltagsstress, keine Sorgen und Ängste, dafür dieses von Lässigkeit erfüllte Schwirren, von dem sie nicht genug bekommen konnte.

»Es ist ein sehr touristischer Blick, findest du nicht?«, entgegnete Gaspard trocken, als Lorianne ihm ihren Eindruck schilderte.

Die Eingangstür befand sich in einem Gässchen, kaum breiter als ein Meter. Im Gegensatz zu der Seite mit den Platanen war es dort ruhig und schattig. Eine sandbraune Katze rieb ihr Köpfchen an der Hauswand, schnurrte um Loriannes und Gaspards Aufmerksamkeit.

Gaspard klingelte. Sie warteten. Nichts geschah. Gaspard läutete ein weiteres Mal, sah dann auf die Uhr und wieder zum Klingelschild hin. Erneut tat sich nichts. Erst nach dem dritten Mal Läuten hörten sie Geräusche aus dem ersten Stock. Ein Mann öffnete die Klappläden des alten, flamingofarbenen Gebäudes, rief müde: »Ich komm ja schon!« zu ihnen herunter, ohne sie eines Blickes zu würdigen.

Lorianne schaute hinauf zu dem Mann, der die Fensterläden an der Wand befestigte – und erkannte Amaury sofort. Ein heißer Schwall erfasste sie, ließ sie gleich darauf frösteln. Schon hörte sie rasche Schritte aus dem Treppenhaus. Die Tür ging auf.

Das Gesicht, das Amaury machte, erstaunt und voller Erwartung, als er Lorianne vor sich stehen sah, hätte Gaspard alles verraten müssen. Doch Gaspard ahnte nichts von dem Knistern, das sich zwischen Lorianne und dem Mann ereignete, den Gaspard einige Wochen zuvor wegen des möblierten Appartements kontaktiert hatte.

Sie betraten die Wohnung. Sie war nicht besonders

groß, dafür gemütlich und für eine Person ausreichend. Der alte Dielenboden knarzte unter ihren Füßen, als Amaury die Tür zum Schlafzimmer öffnete, dem ersten Raum, den er ihnen zeigte. Warm fiel das Licht durchs Fenster auf das mit weißen Laken bezogene Bett, das fast das gesamte Zimmer einnahm. Lorianne spürte Amaurys Blicke auf ihrem Schlüsselbein, genau dort, wo sie sich wünschte, er würde mit seinen Lippen entlangfahren und ihr die Zerrissenheit nehmen, die sie quälte, seit dem Tag, an dem die Blaumeise sie gemustert hatte.

Lorianne wandte Amaury den Rücken zu und verließ den Raum. Aus Selbstschutz? Der Verlockung wegen? Sie wusste es nicht. Doch in ihre Bewegung, geschmeidig und stolz, legte sie aus einem inneren Impuls heraus all ihr Begehr, und sie hatte keinen Zweifel daran, dass Amaury ihre Körpersprache würde lesen können, wenn er ihr nachsähe. Da gab es etwas zwischen ihnen, ein Band, eine Anziehungskraft, die keiner Worte bedurfte.

Im Wohnzimmer mit der Küchenzeile blieb sie stehen. Hier, an der hölzernen Arbeitsplatte, sah sie sich anlehnen, Kaffee trinken und den Tag beginnen. Hier sah sie den Wind durch ihr Nachthemd streichen, ihr Haar, ihre Gedanken, während von draußen das fröhliche Gemurmel des Städtchens zu ihr drang.

Lorianne stellte sich ans Fenster und blickte hinaus auf die Straße. Sie nahm die Blätter der Platanen wahr, die sanft raschelten. Sie mochte die Borke dieser Bäume, ein Mosaik aus herbstlichen Farben, wie Schlangenhaut. Oft schon hatte sie die dünnen, trockenen Platten vom Boden aufgehoben, die jährlich abblätterten, und ihr Muster bewundert.

Da hörte sie Gaspard ihren Namen rufen. Sie folgte

seiner Stimme in den Flur. Er stand vor dem Bad, wies mit der Hand hinein, ein Anflug von Stolz in seinem Gesicht. Es war türkis gefliest, genau in den nostalgisch anmutenden Craquelé-Fliesen, von denen sich Lorianne vor ein paar Jahren einmal einige aus L'Isle-sur-la-Sorgue mitgenommen hatte, um sie zu Hause über der Spüle in der Küche anzubringen. Gaspard lächelte wissend. »Na, wenn das mal kein Zeichen ist?«

Lorianne nickte stumm. Dann sah sie zu der offenen Nische neben dem Bad. Einige Umzugskisten waren dort übereinandergestapelt. Hinter ihnen versteckte sich ein Zugang zu einer kleinen Dachterrasse. Lorianne öffnete das schmale Türchen und trat hinaus, überrascht, dass hinter dieser Nische ein solches Paradies zum Vorschein kam und den Blick auf einen begrünten Innenhof freigab.

Die Sonne brannte herab auf ein paar Tomatenstauden in tönernen Töpfen und auf eine Pergola, die von den goldorangenen Blüten einer Klettertrompete fast vollständig eingenommen war.

»Die Wohnung ist genauso, wie ich sie mir vorgestellt habe«, sagte Lorianne, nachdem die beiden Männer ihr in den Schatten der Pergola gefolgt waren.

»Ja, das finde ich auch«, antwortete Gaspard und nahm dabei ihre Hand in seine.

Lorianne ließ es zu, obwohl sie sie am liebsten zurückgezogen hätte. Es kam ihr falsch vor. Seine Zuneigung, die sie nicht erwidern konnte, nicht hier, auf der Terrasse, auf der auch der Mann stand, mit dem sie in Gedanken geschlafen hatte. Sie fühlte sich innerlich entgleist und zugleich so lebendig in ihrem leidenschaftlichen Verlangen wie noch nie.

»Wir nehmen die Wohnung!«, sagte Gaspard.

Nicht *wir,* dachte Lorianne. *Ich*. Doch sie schwieg.

»Sehr schön«, sagte Amaury.

»Ist es Ihre?«, fragte Gaspard. »Ziehen Sie aus, oder vermieten Sie sie nur?« Er zeigte in Richtung der Umzugskisten im offenen Bereich.

»Es ist die Wohnung meiner Frau«, entgegnete Amaury. »Sie hat sie vor ein paar Jahren erworben, um sie an Touristen zu vermieten. Airbnb, Gîtes de France, Sie wissen schon, das ist ein boomender Markt.«

»Ja«, bestätigte Gaspard.

Lorianne sah Amaury fragend an. Er nahm ihren Blick auf, fuhr erklärend fort: »Meine Frau hat mich verlassen, um in Paris glücklich zu werden. Wir sind geschieden. Ich vermiete trotzdem für sie. Wir verstehen uns nach wie vor gut. Aber für Touristen gebe ich die Wohnung nicht frei. Ich suche jemanden für« – er warf Lorianne einen intensiven Blick zu – »längerfristig.«

Gaspard nickte verstehend. »Da haben wir ja Glück. Sie ist perfekt für meine Frau.«

Lorianne sah zu Boden. Gaspard verstand Amaurys Anspielung nicht.

»Ziehen Sie denn nicht mit ein?«, fragte Amaury Gaspard.

Gaspard zögerte.

»Nein«, antwortete Lorianne für ihren Mann. »Die Wohnung ist für mich. Allein.«

»Wir teilen das Innigste. Der Tisch ist gedeckt. Das Essen gekocht. Das Salz gestreut. Doch wir setzen uns nicht hin. Jeder geht seinen Weg und stellt sich vor, wie es wäre, die warme Suppe zu schmecken.«

Gaspard bestand darauf, einen Crémant zu holen, um anzustoßen.

»Ihr Mann ist sympathisch«, sagte Amaury, kaum war Gaspard gegangen.

»Ja, er ist ein guter Mensch.«

»Aber Sie haben ihm nichts von unserem gestrigen Abend erzählt.«

Lorianne berührte eine der Trompetenblüten, weich und zart die Haut.

»Was hätte ich ihm sagen sollen?«

Amaury hob die Schultern. »Die Wahrheit.«

»Welche meinen Sie?«

»Es gibt nur eine.«

»Tut es das?«

»Ich denke schon.«

Lorianne ließ die Blüte los, wollte etwas sagen, doch Amaury kam ihr zuvor.

»Lieben Sie ihn?«

Lorianne nahm die unerwartete Entladung in ihrer Brust wahr und das Brennen, das seine Frage in ihr auslöste. Das hatte Gaspard nicht verdient. Noch war nichts geschehen. Noch konnte sie gehen und Gaspard sagen, dass sie das Appartement doch nicht nehmen wolle, dass sie es sich anders überlegt habe und lieber wieder mit ihm zurückkehren wolle – nach Hause.

»Und? Lieben Sie ihn?«, wiederholte Amaury und sah sie lange an..

Lorianne fühlte sich schäbig. Es war, als würde sie fremdgelenkt werden, als würde eine andere Person in ihr die Dinge tun, die sie sich selbst nie trauen würde. Sie musterte Amaury, vor allem seinen Mund, den sie am liebsten küssen, ihn verschlingen würde.

»Ja«, antwortete sie, »ich liebe ihn.«

Es stimmte. Es war nur nicht alles, was sie für Gaspard empfand. Absurderweise führte sie mit Amaury ein Gespräch, als würden sie sich schon ewig kennen, als lebten sie miteinander, als seien *sie* verheiratet – und Gaspard der Fremde, der ihre Ehe bedrohte. Die Welt verkehrte sich auf dieser kleinen, begrünten Terrasse in ihr Gegenteil und fühlte sich wahrhaftiger an als die, in der Lorianne lebte und aus der sie auszubrechen versuchte, weil ein Gedanke angeflogen gekommen war und seither dort Rast machte.

»Würden Sie dennoch mit mir den Abend von gestern wiederholen? Es gibt so viele Restaurants, in die ich Sie unbedingt führen möchte.«

Lorianne sah über die Brüstung zum Hof hinunter. Dort saß die Katze, schleckte sich das sandbraune Fell. Als Loriannes Blick sie traf, hielt das Tier kurz inne, schaute nach oben zur Terrasse, gähnte ausgiebig und streckte sich dann der gesamten Länge nach aus. Es kam Lorianne vor, als dehnte die Bewegung der Katze die Zeit. Amaurys Frage hing in der Luft – unbeantwortet. In dem Moment, da sich das Tier wieder zurück in seine ursprüngliche Position brachte und Lorianne Amaury antworten wollte, ging die Wohnungstür auf, und Gaspards Schritte waren zu hören. Schon stand er vor ihnen, gut gelaunt, ein Lachen im Gesicht. In der einen Hand hielt er eine Flasche. »Ist sogar gekühlt! Vom Lokal unter uns. Und die …«, er schwenkte mit drei Gläsern, die er in der anderen Hand hielt, »… muss ich später wieder zurückbringen.«

»Fantastisch«, sagte Amaury, während er Lorianne

einen verschwörerischen Blick zuwarf. »Gläser hätte ich auch dagehabt, aber so ist es auch gut.«

Sie stießen an.

»Auf Lorianne!«, sagte Gaspard.

»Auf die Liebe!«, konterte Amaury.

Gaspard und Amaury verstanden sich prächtig. Sie redeten und redeten, als würden sie sich schon ewig kennen, sich nur eine lange Zeit nicht mehr gesehen haben und nun endlich die Gelegenheit nutzen, all das loszuwerden, was sie beschäftigte.

Lorianne nippte an ihrem Glas und lauschte ihren Gesprächen: Tour de France, Dopingskandal um das TeamArkéa-Samsic, Flugzeugabsturz 2015 im Massif des Trois-Évêchés, das Geheimnis um die wahren Zutaten der Herbes de Provence, die, wie sich beide Männer gegenseitig versicherten, ursprünglich aus dem Maghreb stammten.

Es kam Lorianne absurd vor, auf der Terrasse ihrer neuen Wohnung zu stehen, weit weg von ihrer Heimat und ihrem bisherigen Leben, und ausgerechnet mit den beiden Menschen auf die Zukunft anzustoßen, die für ihren Ehemann Abschied und Verzicht bedeutete, während sie für den anderen – und das sah Lorianne Amaury an – die Hoffnung auf eine beginnende Liebschaft nährte. Nach dem gestrigen Abend spürte Lorianne das so sicher wie damals, als sie Gaspard Monate nach ihrem Zusammenstoß in L'Isle-sur-la-Sorgue zufällig wiedergetroffen hatte.

Vor der Bibliothek war das gewesen, die sie gerade absperrte, als Letzte, es war bereits nach neunzehn Uhr.

Gaspard war angerannt gekommen, völlig außer Atem, und redete in ihren Rücken, sie solle bitte noch einmal für ihn die Tür öffnen, es sei dringend, er benötige ein Buch für seine Abschlussarbeit und habe die Zeit übersehen. Lorianne drehte sich zu ihm um, und da erst erkannte sie, wer vor ihr stand.

Diese zweite zufällige Begegnung war der Beginn ihrer Beziehung gewesen, die von der ersten Sekunde an von einem natürlichen Vertrauen geprägt war, das Lorianne bis zu jenem Zeitpunkt so noch nicht erlebt hatte. Sofort war klar gewesen, dass sie keine getrennten Wege mehr gehen würden. Es hatte kein langsames Sich-Herantasten gegeben, keine Zweifel, kein Infragestellen, kein »Mal sehen, wohin das führt und wie lange das geht«, es hatte nur dieses eine, absolut sichere Gefühl existiert, zueinanderzugehören. Wo war es hin?

»Was machen Sie beruflich?«, hörte sie Gaspard Amaury fragen.

»Ich unterrichte Malerei an der Kunstakademie in Aix-en-Provence. Dreimal die Woche fahre ich dorthin. Mit dem Auto brauche ich von Haustür zur Haustür knapp über eine Stunde. Das ist gut machbar.«

»Wie spannend. Meine Frau« – Gaspard räusperte sich und legte Lorianne den Arm um die Schulter – »interessiert sich sehr für Kunst. Aber noch mehr für Literatur. Sie möchte hier in L'Isle-sur-la-Sorgue eine Buchhandlung eröffnen. Sie ist Bibliothekarin, müssen Sie wissen.«

»Ach, wirklich!?«

Amaury fixierte Lorianne. Lorianne sah weg, verlegen darüber, dass sein Blick sie rot werden ließ, und verärgert, weil Gaspard über sie redete, als sei sie nicht da oder ein Kind, das sich nicht traute, etwas zu sagen.

»Ja«, fuhr Gaspard vor, »wir haben morgen ein paar weitere Besichtigungstermine. Aber diesmal für kleinere Läden, die als Buchhandlung infrage kämen. Ich hoffe, wir haben erneut so ein Glück wie heute! Besser als jetzt hätte es für uns nicht laufen können.«

Nicht für *uns*, dachte Lorianne wieder, für *mich*. Aber war es tatsächlich so? War das, was hier geschah, wirklich ein Glücksfall oder nur der Abgrund, an den sie sich lieber nicht heranwagen sollte?

»Nun«, sagte Amaury, »heute scheint in der Tat ein Glückstag zu sein. Denn ich kenne zufälligerweise eine alte Dame, die sich mit ihrem Geschäft zur Ruhe setzen möchte. Ich stelle sie Ihnen gerne vor.«

»Er träumt von einem Leben mit mir. Er sagt, er möchte ein Nest für uns bauen. Nicht hier, in unserer Heimat, besetzt, belagert, sondern weit weg, um neu anzufangen. Er schwärmt von paradiesischen Orten, irgendwo auf der Welt. Ich sage, ich möchte bleiben. Auch weil diese Orte, von denen er spricht, nicht existieren. Ich sage, ich möchte lieber leben als träumen. Ich möchte mich zeigen, mit ihm, mich nicht verstecken. Er sagt, er könne sich nicht gegen seine Familie entscheiden. Ich antworte, er habe es längst getan.«

Drei Wochen später war es so weit.

Der Umzug war geschafft. Die Kisten ausgepackt, die Kartons in den Keller gestellt, der Sprinter bei der Autovermietung zurückgegeben, der Kühlschrank in der neuen Wohnung gut gefüllt.

Gaspard hatte Lorianne mit allem geholfen, selbstlos, ohne ein Wort des Vorwurfs oder die Bitte, sie möge endlich zur Vernunft kommen. Er war nur mit jeder Kiste, die er schleppte, stiller geworden, und am Ende, kurz bevor alles verstaut war, hatte er sich immer wieder für einen Moment zurückgezogen, ohne viel Aufhebens darum zu machen. Er wollte nicht, dass es Lorianne auffiel und sie sich Sorgen machte, da war sie sich sicher. Seit ihrer Ankunft in L'Isle hatte Gaspard sich verändert. Von Tag zu Tag war er nachdenklicher geworden. Am Ende war all die Energie, die er noch vor der Abreise mit Leichtigkeit an den Tag gelegt hatte, verloren gegangen. Es war, als hätte sie die Sonne des Südens verbrannt.

Trotzdem hatte er sich eine Sache nicht nehmen lassen: ihr Hochzeitsbild in die neue Wohnung zu hängen. Lorianne musste schmunzeln, als sie es entdeckte, trotz des Schmerzes, den der Anblick des abgelichteten Glücks ihr bereitete – bald achtzehn Jahre war ihre Trauung nun her. Wie jugendlich sie ausgesehen hatten. Gaspard war gerade siebenundzwanzig, ein Lächeln wie Jean-Paul Belmondo, sie drei Jahre jünger und Audrey Tautou nicht unähnlich mit ihrem schokoladenbraunen Fransenpony, der ihr tief in die Stirn hing. Sie war sich so sicher gewesen, den Mann fürs

Leben zu heiraten. Sie war sich so sicher gewesen, mit ihm eine Familie zu gründen. Sie war sich so sicher gewesen, für immer der fröhlichste Mensch auf der Welt zu sein. Jetzt war sie fast zweiundvierzig – und zweifelte an allem. An ihrem Mann. An ihrer Ehe. An ihrem Job. Aber insbesondere an sich.

»Hier musst du nichts mehr tun, nur noch losleben, genauso, wie du es dir gewünscht hast«, hatte Gaspard gesagt, als alles eingerichtet war. Bei *losleben* senkte er den Kopf und schaute auf seine Schuhe, als hätte er etwas Verbotenes von sich gegeben oder etwas, das ihn nichts anginge. Und Lorianne hatte den Eindruck, er wisse besser darüber Bescheid, wie sie sich fühlte, als sie selbst.

Nun stand er vor ihr, neben sich die Reisetasche, bereit dazu, Lorianne in L'Isle-sur-la-Sorgue allein zu lassen. Er sah sie an, er sprach mit ihr nur über seine Augen. Es waren Worte der Zuneigung, die sie empfing, sie nahm sie deutlich wahr. Dann beugte er sich vor und drückte ihr einen langen, nicht enden wollenden Kuss auf den Mund, flüsterte dabei, dass er hoffe, es würde nicht der letzte sein, sondern irgendwann einmal als Erinnerung das Bedürfnis in ihr wecken, seine Wärme und seine Liebe wieder zu spüren. Sie solle niemals vergessen, dass er immer für sie da sei, immer.

Lorianne kam dieser Moment unendlich lang und quälend vor. Sie wünschte, sie könnte ihrem Mann die Traurigkeit nehmen und antworten, er solle sich keine Sorgen machen, es sei womöglich nur eine Phase, in der sie stecke, vielleicht die Midlife-Crisis, und alles würde gut werden – irgendwann. Doch sie konnte nicht. Seit sie Amaury kennengelernt hatte, war das Gefühl, Gaspard anders zu lieben, noch stärker geworden. Es war verrückt, und sie hätte es niemals für möglich gehalten, doch in der Tat hatte ein Abend mit einem fremden Mann ausgereicht, dass sie sich in ihren plötzlichen Zweifeln an ihrer Ehe bestätigt fühlte.

Obwohl Gaspard keine Ahnung hatte von Loriannes zufälliger Begegnung mit Amaury, schien er die Ernsthaftigkeit hinter ihrer Veränderung zu merken. Und Lorianne wiederum war nicht entgangen, dass Gaspard versuchte, ihre Entfremdung ihm gegenüber aufzuhalten, indem er mit stillen Mitteln versuchte, um sie zu kämpfen. Er war aufmerksamer denn je, manchmal fast schon devot, und er legte sich neuerdings sogar Parfum auf – etwas, das sonst nicht seine Art war.

Gaspards neuer Duft nach Holz und einem Hauch Lavendel hing im Treppenhaus, als Lorianne endlich die Wohnungstür hinter sich zuzog. Eine unangenehme Stille rollte über sie hinweg. Sie kam sich verloren vor, selbst in diesem kleinen, lichtdurchfluteten Appartement, in dem alles einladend und freundlich war.

Der Abschied von ihrer Heimat war nicht leicht gewesen. Ihren Eltern war nicht entgangen, dass zwischen ihr und Gaspard etwas anders war als sonst. Sie hatten sich aber mit neugierigen Fragen zurückgehalten. Die sorgenvollen Blicke ihrer Mutter würde sie trotzdem so schnell nicht vergessen. Sie hatten alles gesagt: Geht es euch gut? Kommst du wieder? Lorianne hatte sie zweimal fest gedrückt, um ihr Mut zu machen – und sich selbst. Sie wusste ja auch nicht, wohin sie ihre Reise führen würde.

Lorianne öffnete das Fenster und wollte Gaspard nachsehen, in der Hoffnung, sein Weggang würde sie die Realität, die sie selbst eingefordert hatte, besser verstehen lassen. Sie beugte sich weit über das Fenstersims, sah nach links, nach rechts, doch Gaspard war längst nicht mehr da. Unterhalb der aufgespannten bunten Sonnenschirme vor ihrem Fenster sammelten sich die Gespräche der Café- und Restaurantgäste zu einem kollektiven Murmeln. Die gleichmäßig dahinplätschernden und doch nicht zu verstehenden Worte beruhigten sie – der Gesang ihrer Herzensstadt.

Lorianne atmete tief durch, dann schloss sie das Fenster wieder. Jetzt nur nicht trübsinnig werden, dachte sie. Du hast es so gewollt. Etwas in dir hat gesagt, es sei richtig. Nun mach was draus! Plötzlich bekam sie Lust auf den Weißwein, den Gaspard für sie kalt gestellt hatte. »Für heute Abend, wenn du das erste Mal allein bist«, hatte er gesagt und die Kühlschranktür geschlossen.

Sonst trank sie nie vormittags, aber jetzt gerade tat es ihr gut. Sie hob das Glas an, prostete sich zu. Ich könnte mich fühlen wie eine freie Frau, dachte sie, als sie den ersten Schluck zu sich nahm, doch ich fühle mich wie eine, die vorgibt, frei zu sein. Plötzlich musste sie lächeln. So ein Fuchs, sagte sie zu sich. Ihr wurde klar, dass Gaspard genau wusste, dass sie an ihn denken würde, sobald sie die Flasche öffnete. Und dass er wusste, dass sie dann lächeln würde. Einmal, sie erinnerte sich nicht mehr, weshalb sie traurig gewesen war, aber sie erinnerte sich, dass er da zu ihr gesagt hatte, sie solle lächeln, wenn es ihr nicht gut gehe. Warum?, hatte sie gefragt, warum solle sie das tun? Und er hatte geantwortet, weil die Traurigkeit, wenn sie lächle, irgendwann einmal nicht mehr wissen würde, weshalb sie da sei, und sich dann zurückziehen oder ganz verschwinden würde. Und wieso sollte die Traurigkeit das tun?, hatte sie insistiert. Und Gaspard hatte geantwortet, dass das Lächeln die Dame des Gemüts sei und die Traurigkeit maximal ein Springer, der der Dame unterliege, wenn sie es nur richtig anstelle.

Also lächelte Lorianne jetzt und schritt, den Wein in der Hand, durch die Wohnung bis rauf zur Terrasse, wo sie in die Oase der Hinterhofruhe trat. Die Sonne traf ihr Gesicht, brachte die Kälte der Einsamkeit in ihr zum Schmelzen. Da sah sie den Briefumschlag. Er hing an einer Schnur um ein Ästchen der Klettertrompete und flatterte im Wind. Vorsichtig nahm Lorianne ihn ab, öffnete ihn. Sie war sich sicher, dass Gaspard ihn dort hingehängt hatte. Es wäre typisch für ihn. Er hatte ihr immer schon gerne Briefe geschrieben, vor allem Zettelchen am Morgen, auf denen er ihr ein paar nette Zeilen für den Tag hinterließ.

Doch Lorianne irrte sich.

Liebe Lorianne!
Herzlich willkommen in Ihrer neuen Heimat.
Ich führe Sie heute Abend aus. Bitte seien Sie um 18 Uhr zu Hause.
Ich freue mich auf Sie.
Schöne Grüße
Ihr Freund
Amaury

Lorianne faltete das Blatt Papier zusammen, legte es an ihre Brust. Wie war er hier hereingekommen? Sie hatte Amaury nicht mehr gesehen, seit sie die Formalitäten für das Ladengeschäft unterschrieben hatte. Vor dem Hotel war das gewesen, kurz nachdem sie sich den Laden gemeinsam angesehen hatten. Er befand sich in einer kleinen Straße unweit ihres Appartements. Das Erste, was ihr aufgefallen war, war die große, von Regen und Staub verschmutzte Scheibe des Schaufensters gewesen. Lorianne hatte das, was in der Auslage lag, nur wie durch eine Art Weichzeichner erkennen können: Garne jedweder Couleur, zum Teil stark von der Sonne ausgeblichen; Nadeln, Stickringe und -rahmen, verschiedene Stoffmuster sowie Bücher über die Kunst des Stickens – und am Fensterrand jede Menge tote Fliegen, die auf dem Rücken lagen, die dünnen Beinchen gekrümmt in der Luft.

Beim Betreten des Geschäfts hatte ein Glöckchen geschellt, das von der Decke herabhing und Kundschaft ankündigte – ein Klang wie in ihrem Traum.

Lorianne hatte sich umgesehen. Dunkel war es im Raum gewesen, trotz der grellen Mittagssonne draußen. Überall waren Kisten herumgestanden, und zwischen dem ganzen Durcheinander hatte eine alte Frau in einem samtgrünen Sessel gesessen. Über ihren Beinen ein Leintuch, durch das sie leuchtend rot glänzendes Garn zu Mohnblumen zog.

»Salut, Maribel«, hatte Amaury gesagt. »Ich habe dir jemanden mitgebracht, der Glanz in deine verstaubte Bude bringen möchte. Darf ich dir vorstellen: Lorianne – und ihr Mann Gaspard.«

Maribel lächelte sie freundlich an, legte ihr Stickzeug beiseite und erhob sich mit viel Mühe aus dem Sessel. Lorianne schätzte sie auf über neunzig. Die Haut in ihrem Gesicht war knittrig von Falten. Sie hatte kleine gütige Augen und schneeweißes Haar, das ihr zu einem langen, dünn geflochtenen Zopf vorne über die Schulter fiel.

»Es freut mich sehr, Sie kennenzulernen«, sagte Lorianne.

»Soso, Sie wollen meinen Laden also wiederaufleben lassen, verstehe ich das richtig?«, sagte die alte Frau mit hoher, aber fester Stimme.

»Ja, das möchte ich gerne«, antwortete Lorianne. »Der Raum ist genau richtig. Nicht zu groß, nicht zu klein. Die Lage ist perfekt, zentral und doch ruhig gelegen. Ich sehe schon alles genau vor mir.« Sie drehte sich zum Schaufenster um, streckte die Hand aus. »Hier die Kinderbücher, dort die Neuerscheinungen. Hier die Klassiker. Da drüben eine kleine Sitzecke zum Verweilen und Schmökern.«

Die alte Frau musterte sie. »Mit so viel Enthusiasmus habe ich auch hier begonnen«, sagte sie. »Jetzt aber bin ich alt und habe nur noch wenige Stammkunden und auch nicht mehr die Kraft, mich um all das hier zu kümmern.« Sie machte eine Pause, schien zu überlegen. Dann fuhr sie fort: »Ich überlasse Ihnen alles, das Brauchbare wie das Unbrauchbare …«

»Maribel!«, unterbrach Amaury sie. »Das Geschäftliche übernehme ich. Mach dir keine Gedanken. Ich bin mir sicher, wir«, er sah Lorianne und Gaspard an, »werden uns einig, was die Konditionen betrifft.«

»Jaja«, sagte Maribel und schüttelte dabei den Kopf. »Da hat man sein ganzes Leben ein Geschäft geführt, und das noch allein als Frau, was früher etwas völlig anderes war als heutzutage, und kaum ist man alt, wird man von den Jüngeren entmündigt. Das Leben ist ein Komposthaufen, das sage ich Ihnen, junge Dame.«

Lorianne las den Brief noch einmal. *Ihr Freund Amaury.* Wie das klang? So selbstbewusst. Wohin würde er sie ausführen? Welches Abenteuer hatte er mit ihr vor?

Sie warf einen Blick auf die Uhr. Keine sieben Stunden mehr bis zum Abend. Sie trank den Wein in einem Zug aus. Es war sensationell, was Amaury in ihr bewegte. War sie gerade eben noch entmutigt und unsicher, die richtige Entscheidung getroffen zu haben, so schafften es diese wenigen Zeilen, ihr jene Energie zu verleihen, von der sie sich gewünscht hatte, sie würde sich in ihrem neuen Leben einstellen.

Sie nahm den Brief, ging zurück in die Wohnung, legte ihn auf den Tisch, sah in den kleinen runden Spiegel im Eingang, klatschte sich mit den Worten »Auf geht's, nun aber wirklich, mach was aus deinem Traum!« zweimal auf die Wangen, schnappte sich den Schlüssel, der an einer Hakenleiste neben der Eingangstür an der Wand hing, und machte sich auf den Weg zu ihrem Laden. Viel Arbeit stand bevor.

»Ich versuche zu verstehen. Ich scheitere. Ich liebe.«

Die alte Frau saß in ihrem Sessel und stickte. Das Bild, das sie abgab, erinnerte Lorianne an ein Gemälde von Henri Lebasque, auch wenn die Frau in Öl um einiges jünger war als die alte Dame und nicht stickte, sondern einfach nur dasaß, die Hände locker überkreuzt auf einem Bein, den Blick unbestimmt auf den Betrachter gerichtet. Und dennoch gab es da eine atmosphärische Parallele, die Lorianne auffiel, als sie den Laden betrat.

»Guten Tag, Madame.«

»Nennen Sie mich bitte Maribel, sonst fühle ich mich noch älter, als ich bin«, antwortete die alte Frau und nickte ihr zu.

Lorianne nickte zurück.

»Sie sind bestimmt gekommen, um hier aufzuräumen und loszulegen. Das ist gut. Dann ist jetzt die Zeit gekommen, mich von meinem Laden zu verabschieden. Ich werde Ihnen nicht länger im Weg stehen.«

»Sie stehen mir nicht im Weg.«

»Oh, doch! Mit mir hier im Sessel können Sie nichts anfangen, glauben Sie mir, meine Liebe.«

Lorianne beobachtete die alte Dame. Ihre Stimme war frisch und dynamisch wie die einer jungen Frau. Ihre Bewegungen hingegen waren langsam, behäbig. Es passte nicht zusammen.

»Wissen Sie«, sagte Maribel, während sie ihr Stickzeug weglegte, »ich habe mich in den letzten Jahren oft gefragt, wie es mal sein würde, mich von meinem Laden zu trennen. Und dann beschloss ich, dass das nicht passieren sollte, sondern dass ich einfach einschlafe, hier, genau hier, für immer.« Sie zeigte auf den grünen Sessel. »Und wissen Sie, warum? Weil der Laden zu mir gehört wie bei anderen der Ring am Finger, den ich nie hatte.« Sie lächelte traurig.

Lorianne sah auf ihre Hände. Schmale Finger, weiße Haut, blau durchädert. Sie zitterten nicht. Trotz ihrer Schlankheit wirkten sie, als könnten sie nicht nur feine Stiche mit Nadel und Garn setzen, sondern Steine schleppen, Mauern bauen, Berge bewegen. Hände, dachte Lorianne, sagen oft mehr als Worte.

»Mir war nicht bewusst«, begann Lorianne, »dass Ihnen der Abschied so schwerfallen wird. Mein Eindruck war, dass Sie froh darüber sind, wenn ich hier eine Buchhandlung eröffne.« Lorianne fühlte Unbehagen in sich aufsteigen. Sie wollte der alten Dame nichts wegnehmen. Ihre Zukunft sollte nicht auf dem Verlust eines anderen Menschen aufgebaut werden.

»O ja, das bin ich, Liebes. Lassen Sie sich bitte von mir nicht verunsichern. Amaury versucht seit Jahren, mein Geschäft zu verkaufen. Besser gesagt: an den Mann zu bringen. Es gab schon einige Interessenten. Die meisten von ihnen trugen dunkelblaue Anzüge. Nur einer kam im kurzärmeligen Hemd. Der Verkauf scheiterte immer an meinem Nein, egal mit wie vielen Scheinen sie mir gewunken haben. Es war niemand dabei, dem ich mein kleines Reich hätte anvertrauen mögen – bis Sie kamen.«

Sie lächelte wieder, diesmal schwang keine Traurigkeit mit.

»Das freut mich«, sagte Lorianne. »Das freut mich wirklich sehr.«

»Damals war es keine Selbstverständlichkeit, alleine als Frau ein Geschäft zu führen. Ich habe hart dafür gearbeitet, gegen alle Widerstände, und mir geschworen: Bevor sich irgendein Anzugträger in meinem Geschäft einnistet und weiß der Teufel was daraus macht, soll man mich lieber in diesem Sessel hier aus meinem Laden tragen. Und dann kamen Sie und erinnerten mich an mich. Und jetzt muss ich hier also nicht sterben, sondern darf zusehen, wie etwas Neues entsteht. Dafür danke ich Ihnen.«

Lorianne musste schmunzeln. Die Art, wie Maribel redete, war derart erfrischend, dass sie sich wunderte, wie sie in ihrem Alter nur so eine Klarheit an den Tag legen konnte. »Ich habe zu danken«, antwortete Lorianne.

»Das Alter, meine Liebe«, fuhr Maribel fort, »steht Ihnen zum Glück noch bevor. Es ist die Pest. Es kommt nicht plötzlich, aber in Wellen. Und jede Welle, die dich mitreißt, macht dich schwächer. Manche im Kopf, andere körperlich und wieder andere überall. Mein Kopf war immer oberhalb der Wellen, ganz gleich wie gewaltig sie waren, sie konnten ihm nichts anhaben, ich bin nie untergetaucht, müssen Sie wissen. Aber mein Körper, der wurde von jeder Welle erfasst, die sich vom Horizont her näherte. So ist das.«

Lorianne nickte.

»Im Übrigen habe ich Sie erwartet. Ich wollte Ihnen noch etwas mitgeben, bevor ich mich endgültig zur Ruhe setze. Es wurde mir einst gegeben, als ich den Laden hier eröffnete.« Langsam erhob sie sich aus dem Sessel und begab sich hinter den Tresen. Sie bückte sich schwerfällig, kramte in einer der Schubladen herum und hielt Lorianne schließlich ein kleines, in Stoff eingebundenes, petrolgrünes Buch hin.

»Danke«, sagte Lorianne erstaunt, als sie es entgegennahm. »Das ist ein hübsches Buch. Es sieht aus wie …«

»… ein Notizbuch«, beendete Maribel den Satz für sie. »Es ist für Sie. Verstehen Sie es als mein Vermächtnis. Es war leer, als ich es bekam, und jetzt, da ich es Ihnen anvertraue, ist es bis auf die letzte Seite vollgeschrieben. Sie wollen eine Buchhandlung eröffnen, also lieben Sie Geschichten. Dies ist meine.«

»Ich sehe ein Bild vor mir, das in sich verläuft zu einem mich auffressenden Grau. Ich ahne die Dunkelheit. Ich strebe nach Licht.«

Lorianne verabschiedete sich von Maribel mit einer langen Umarmung.

»Viel Glück.«

»Das wünsche ich Ihnen auch.«

»Wir sehen uns.«

»Ja. Unbedingt.«

Sie sah der alten Frau nach, wie sie die Gasse entlangging. Gemächlich, aber stolz, wie jemand, der seine Lebenslast mit Würde trägt. Als sie um die Ecke gebogen war, schloss Lorianne die Tür und öffnete das Buch. Auf jeder Seite stand etwas in beeindruckend akkurater Handschrift geschrieben. Mal gab es nur einen Satz, mal einen etwas längeren Eintrag. Die Tinte stets schwarz, auf liniertem Papier, wie gedruckt.

Lorianne befühlte die Seiten, erahnte den persönlichen Schatz, den sie ausgehändigt bekommen hatte. Dann wandte sie die Augen vom Papier ab, klappte das Buch wieder zu. Es fiel ihr nicht leicht. Doch sie verbat sich, jetzt auch nur eine Zeile davon zu lesen, obwohl sie es sich am liebsten gleich damit in Maribels Sessel bequem gemacht hätte. Aber sie wusste, sie würde nicht mehr davon loskommen, wenn sie erst einmal damit begonnen hätte. *… also lieben Sie Geschichten. Dies ist meine …* Was wollte die alte Frau ihr damit sagen? Und warum ihr?

Sie hatte sich zu dem Laden aufgemacht, um mit der Entrümpelung zu beginnen. Sie wollte sich nicht ablenken lassen. Nicht jetzt, da sie später noch Amaury treffen würde und bis dahin ein Stück vorangekommen sein wollte mit ihrem Traum.

Eigentlich hatte ihr Gaspard dabei helfen wollen, den Laden wieder so herzurichten, dass sie die Buchhandlung noch würde eröffnen können, solange er da war. »Ich kann ein Sabbatical einreichen, das ist kein Problem!«, hatte er zu ihr gesagt und es ihr damit schwer gemacht. Denn Lorianne wollte unter keinen Umständen, dass Gaspard sie noch mehr unterstützte. Sie musste das selbst auf die Reihe kriegen. Ohne ihn. Sie wollte unabhängig sein, sich zumindest so fühlen. Andererseits schmeichelte es ihr, wozu Gaspard alles bereit war. Freiwillig ein Sabbatical! Ausgerechnet er, der seine Arbeit über alles liebte. Das wäre ein paar Monate zuvor undenkbar gewesen – wie so vieles.

»Du musst mir nichts beweisen«, hatte Gaspard ihr geantwortet. »Ich bin dein Mann. Ich helfe dir. Du bist nicht allein.«

»Ich weiß«, hatte Lorianne geantwortet. »Aber ich möchte es so, verstehst du das?«

Am Ende hatte er nachgegeben.

Maribels kleines Geschäft hatte den Charme eines Krämerladens, war nur eben heruntergekommen. Alles war verstaubt. Über die Staubschichten hatte sich ein klebriger Film gelegt. Viele Produkte waren offensichtlich nicht mehr ausgepackt worden, sondern stapelten sich in den Ecken und zum Teil auch mittendrin. Lorianne glaubte, verschiedene Zeitspannen im Laden zu erkennen. Die Zeit, als alles noch ordentlich präsentiert worden war, befand sich im vorderen Teil in den Regalen. Hier gab es vor allem Garne und Tischdecken mit vorgedruckten Stickmustern. Es waren überwiegend Blütenranken und Olivenzweige, aber auch die für die Provence typische Zikade war in allen Variationen vertreten. Im hinteren Bereich dann wurde es unübersichtlicher. Krimskrams lag herum und lauter Zeug, das mit der Kunst des Stickens nichts mehr zu tun hatte und erst später dazugekommen zu sein schien.

Als Erstes wollte Lorianne die Regale ausräumen und alles Brauchbare an Emmaus spenden. Es gab genug Bedürftige, die sich darüber freuen würden. Später würde sie sich um die schmutzigen Fenster kümmern und um den Boden, den seit einer Ewigkeit kein Wischmopp mehr berührt hatte, so viel stand fest.

Lorianne krempelte die Ärmel hoch, band sich ein Tuch ins Haar, das sie aus einem der Regale genommen hatte, und legte los.

Die Arbeit machte ihr Spaß. Es tat ihr gut, eine Aufgabe zu haben. Sie öffnete Kartons, begutachtete deren Inhalt, entschied, was entsorgt und was gespendet werden sollte. Sie genoss die Anstrengung, weil sie den Fortschritt im Chaos sah. Es würde Tage dauern, bis sie so richtig mit der Renovierung beginnen konnte. Doch es war machbar. Seit Langem kreisten ihre Gedanken nicht mehr um sie selbst, sondern um das, was sie gerade tat. Sie war bei sich, gelandet im Jetzt und fühlte die Vorfreude auf das Neue.

Als sie gerade dabei war, den Boden zum dritten Mal zu wischen, und über einen besonders hartnäckigen Fleck rieb, ging die Tür auf, und Amaury trat herein.

»Hier sind Sie also«, begrüßte er sie heiter.

Lorianne sah erst überrascht zu Amaury, dann zur Wanduhr hinter dem kleinen Tresen, dann wieder zu Amaury. »Ich habe die Zeit völlig vergessen«, stellte sie fest.

»Das klingt gut.«

»Finden Sie? Ich meine, ich habe Sie versetzt, oder?«

»Das sehe ich nicht so. Ich denke, Sie sind in Ihrem neuen Leben angekommen.«

Lorianne merkte, wie sie errötete. Sie fühlte sich ertappt und wusste nicht, wieso. Es stimmte, was er sagte. Seitdem sie mit der Arbeit in dem Laden begonnen hatte, kam sie sich vor wie eine von hier. Jetzt war sie keine Touristin mehr. Dennoch gab es keinen Grund, deswegen gleich rot zu werden. Was sollte Amaury nur denken? Sie fuhr sich mit dem Handrücken über die Stirn, zog das Tuch aus dem Haar und wischte sich damit den Schweiß von der Stirn. Mit etwas Glück würde er gar nicht sehen, dass ihr das Blut in den Kopf schoss.

»Wollen wir?«, fragte Amaury und hielt ihr den Ellenbogen zum Einhaken hin.

Lorianne nickte. Gerne hätte sie sich geduscht und zurechtgemacht. Eigentlich gehörte sie nicht zu den Frauen, die sich schminkten, und dennoch wünschte sie sich jetzt ein wenig Rouge auf den Lippen und den Wangen und etwas süßen Duft am Nacken, dort, wo die Haut weich war. Sie wollte Amaury gefallen und für ihn ebenso begehrenswert sein, wie er es für sie war.

Die Glocke schellte, als sie gemeinsam den Laden verließen.

»Sie stand in der Boulangerie vor mir. Ich hätte zu ihr gehen können, sagen, was ihr Mann mit mir machte. Und ich mit ihm. Ich tat es nicht. Ich hätte sie nur verletzt, um meine Wunden mit ihrem Schmerz zu heilen. Sie nahm die Baguette entgegen, trug sie auf dem Arm wie ein Kind, ging an mir vorbei, ohne mich zu bemerken. Ich schmeckte dem Kuss ihres Mannes nach, bevor er mein Bett verließ, als sich die Tür hinter ihr schloss, und ich glaubte, ihre raschen Schritte im Takt meines pochenden Herzens in der Gasse verhallen zu hören.«

Das Restaurant, in das er sie führte, lag abseits der touristischen Plätze, klein, eng, mit einer versteckten Terrasse in einem urigen Hinterhof. Alles hier war schön und lebendig. Kerzen brannten in bauchigen Gläsern. Lichterketten hingen an zwei schlank gewachsenen Akazien. Junge Menschen saßen an runden Tischen, unterhielten sich. Aber auch ältere Leute und Familien waren dabei. Es war ein gemischtes Publikum und ein Ort, der alle Generationen anzuziehen schien.

Amaury gegenüberzusitzen, ihm ins Gesicht zu sehen und das gleiche Verlangen zu haben wie noch vor ein paar Wochen, als er sie gefragt hatte, ob er ihr Gesellschaft leisten könne, war überwältigend. Lorianne hatte den Eindruck, dass tatsächlich ein neues Leben begann, in dem sie eine andere sein würde als die, die sie bislang gewesen war.

Wie bei ihrem ersten Treffen fühlte sie sich auf Anhieb wohl mit ihm, vertraut. Ein Knistern lag in der Luft, dem sie sich nicht entziehen konnte – und wollte. Sie wusste, heute würde sie schwach werden. Sie war bereit dazu. Sie wollte es wagen, dem Drang nachzugeben. Es gab kein Zurück.

Lorianne hatte in den vergangenen Wochen viel darüber nachgedacht, was sie tun sollte. Es lag an ihr, dem Ruf ihrer Begierde zu folgen oder ihn zu ignorieren und darauf zu warten, dass er schwächer würde. Sie hatte sich vorgesagt, wie gut sie es in ihrem Leben habe. Sie war mit einem Mann verheiratet, der sie liebte, der alles für sie aufgeben würde, um sie glücklich zu sehen. Er machte sogar ihren Ausbruch aus ihrem gemeinsamen Leben mit und spielte nach ihren Spielregeln, nur damit sie bei ihm blieb. Manchmal fragte sich Lorianne, ob sie sich anders verhalten würde, wenn Gaspard sich anders verhielte. Wenn er ihr die kalte Schulter zeigte oder sie zum Teufel jagte. Sie wusste es nicht. Die Vorstellung, Gaspard zu betrügen, obwohl er ihr in allem entgegengekommen war, war grausam. Sie plagte Lorianne. Und trotzdem: Die Anziehung dieses fast noch unbekannten Mannes war stärker als die Qual ihrer Gedanken. Es war wie eine Sucht, der sie nachgeben musste.

Sie aßen nicht mit Eile. Sie ließen sich Zeit. Sie sahen sich an. Und wieder weg. Sie redeten. Sie lachten. Sie lehnten sich zurück. Sie schlug ein Bein übers andere. Er fuhr sich mit der Hand über die Brust, eine Eigenart, die Lorianne schon bei ihrem ersten Treffen beobachtet hatte. Sie redeten. Sie schwiegen. Sie tranken. Ihre Finger berührten sich – erst flüchtig, wie zufällig. Ein Griff zum Salz zum gleichen Zeitpunkt. Später eine heruntergefallene Serviette. Er hob sie auf, legte sie auf den Tisch zurück, strich sie glatt, als führe er über seidenen Stoff, ein Bettlaken? Ihr Nachthemd? Sie schloss die Augen, erschauerte. Sie hätte niemals gedacht, dass sie erschauern könnte. Was für ein Wort! Was für ein Phänomen! Was geschah mit ihr?

Sie legte den Kopf in den Nacken, suchte Zerstreuung am Himmel. Fand sie dort im Blau. Leuchtend, greifbar, ewig und vergänglich. Ein Widerspruch? Ja. Und auch nicht, wenn sie bedachte, dass sie bekleidet war und doch auch nackt in seinem sie begehrenden Blick. Amaury steckte sie an mit seiner Lust, seinem Wunsch, seinem Wollen, das aus ihm sprach, ohne jedwede Scham. Sie nahm wahr, dass sie sich anders bewegte als sonst. Selbstbewusster, um ihn noch mehr zu entzünden. Sie streckte den Rücken durch und die Brust raus. Sie hob das Kinn. Sie biss sich auf die Lippen. Sie fuhr sich durchs Haar. Sie dachte an ihn, an das, was geschehen würde, wenn sie ihn zu sich einlud. Sie hatte das Gefühl, er könne ihre Gedanken lesen, mehr noch, er würde ihre Gedanken steuern. Er hob die Hand, gab dem Kellner ein Zeichen und ein großzügiges Trinkgeld. Der Kellner, ein junger Mann, der noch alles vor sich hatte, grinste, als wüsste er, wie es weiterginge zwischen ihnen, als könnte die ganze Welt an ihren Körpern ablesen, dass sie sich vereinigen würden.

Amaury stand auf, reichte Lorianne seinen Arm zum Unterhaken. Ein zustimmendes Nicken, alles geschmeidig, im Fluss, keine Worte mehr. Ihre Schritte im Gleichklang. Der Asphalt strahlte die Wärme des Tages ab. Weich schimmerte das Gelb der Straßenlaternen. Ein Hund bellte. Von irgendwoher hörte man das Weinen eines Babys. Sie passierten eine Straße, ein kleines Brachfeld, Splitt, kaputte Ziegel, Steine, das Zirpen der Zikaden. Vereinzelt Mohnblumen, so leuchtend wie das Garn, das Maribel bei ihrer ersten Begegnung durch den Leinenstoff gezogen hatte. Aber auch Ginster, Rosmarin, dazwischen immer wieder Steine, ausgebrochener Asphalt, ein Mäuerchen, an dem sich Sprayer verkünstelt hatten. *L'amour n'est que l'éternel dans l'éphémère – Die Liebe ist nur die Ewigkeit im Vergänglichen.* Ein kurzes Zögern vor dem nächsten Schritt. Eine Katze huschte über die Straße wie ein Schatten. Eine Platane, dahinter eine weitere. Amaury blieb stehen, drückte sie sanft gegen den Stamm, der

Himmel leuchtete auf, sie küssten sich. Die Farben der Nacht bewegten sich aufeinander zu, Gänsehaut, wieder dieser Schauder, kräftiger als der zuvor, und der Boden unter den Füßen tat sich auf, das Fallen nicht haltlos, sondern wie ein Schweben durch die Luft, das Brennen im Unterleib ein Feuer, das wohlig schmerzte. Seine Hand in ihrer, zog er Lorianne weiter, bog rechts ein, dann links, die Gassen schlängelten sich entlang den Gebäuden, sie verengten sich, weiteten sich, verengten sich wieder, da, eine Haustür, mattgrün lackiert, der Schlüssel, eine Treppenstufe, ein Klacken, ein hallendes Geräusch, ein großer Raum im Erdgeschoss, aufgeräumt und sauber, eine Wand voll mit Büchern, ein offener Kamin, terrakottafarbener Fußboden, gekalkte Wände, viele Bilder, Fotos in Rahmen von Menschen, die lachten, ein Podest aus Holz, ein kleiner gewebter Teppich, ein Bett in der Mitte, groß, nicht gemacht, das Laken zeigte noch die Bewegungen des Wachwerdens.

Amaury schob sie zur Matratze. Oder ging sie von alleine dorthin? Sie roch ihn, sie schmeckte ihn, sie lud sich auf mit seinem Verlangen, fühlte die Schönheit ihres Körpers, die Weichheit ihrer Haut, ein Traumfänger baumelte über ihren Köpfen, ausgerechnet das Zittern seiner weißen Federn, bewegt durch ihrer beider Erregung, riss sie heraus aus ihrem Rausch. Sie sah sich wie von weit oben in Amaurys Bett liegen, er über ihr, sanft und stark und schön, sie dachte an ihren Mann, fühlte seinen Schmerz, den er empfinden würde, wenn er von ihrer Hingabe wüsste, ein Kuss am Hals, sie dachte an einen Satz von Edward N. Lorenz, den Gaspard oft zitiert hatte, wenn sie irgendwo eingeladen waren: Kann der Flügelschlag eines Schmetterlings einen Orkan auslösen? Es war das erste Mal, dass sie mit diesem Satz etwas anfangen konnte. Sie hörte den Sturm aufkommen, ein Kuss auf ihre Brust, und entschied, nicht zu fliehen, sondern bei Amaury zu bleiben, wenigstens für eine Nacht am Rand des Abgrunds zu tanzen und die Gefahr zu genießen, in der Hoffnung, die reinigende Wirkung des Sturms sei größer als seine zerstörerische Kraft.

»Eine Eidechse, schillernd grün. Ich stand auf, um mir ihre Pracht genauer anzusehen. Sie verschwand und warf ihren Schwanz dabei ab. Ich hätte mich zurücknehmen müssen. Ich war die Gefahr, die ich nicht war.«

Später beobachtete sie Amaurys Schlaf. Ruhig hob und senkte sich sein Brustkorb. Das dünne Bettlaken lag über seinen Lenden, bedeckte gerade so seine Scham. Lorianne legte die Hand auf sein Herz, horchte auf sein Schlagen, das langsamer war als ihres. Sie nahm seine Körperwärme über ihre Finger auf und genoss den Duft, den Amaury verströmte und den sie als sehr männlich empfand. Sie spürte noch seine Lippen an ihrem Hals, ihrer Brust, ihren Schenkeln und musste lächeln, verklärt und erfüllt.

Sie könnte ihn wecken, ihn darum bitten, die Zeit zurückzuspulen und noch einmal von vorne zu beginnen mit dem Verbotenen. Sie hatte geglaubt, ihre Schamlosigkeit würde sie quälen. Sie würde bereuen, sich eingelassen zu haben auf den Tanz mit der Lust. Doch so war es nicht. Sie fühlte sich beseelt, als wüchsen ihr Flügel, als könne sie bis zur Sonne schweben, ohne zu verbrennen.

Wer war sie nur?

Nie hätte sie gedacht, dass sie jemals so sein könnte wie ihre beste Freundin Anaïs. Offen und frei und ohne moralische Hürden. Anaïs war glücklich mit Édouard verheiratet und Mutter von drei Töchtern. Seit Jahren hatte Anaïs einen Liebhaber. Lorianne kannte ihn. Gelegentlich war sie mit Anaïs nach Straßburg gefahren, um Einkäufe zu erledigen oder ins Musée d'Art Moderne et Contemporain zu gehen, während Anaïs ihren Liebhaber besuchte.

Von Anfang an war zwischen Anaïs und ihrem Mann klar gewesen, dass sie eine offene Beziehung führen würden. Anaïs meinte, die Liebe zu einem anderen würde ihre Liebe zu ihrem Mann nicht beeinträchtigen. Lorianne hatte das nicht nachvollziehen können – und verurteilt.

Jetzt aber verstand Lorianne, dass es möglich war. Nur war sie unehrlicher als Anaïs und Édouard. Im Gegensatz zu ihnen spielte sie nicht mit offenen Karten. Gaspard wusste zwar, dass sich ihre Liebe verändert hatte. Aber von Amaury hatte sie ihm nichts erzählt – letztendlich, weil sie feige war. Weil sie sich alle Möglichkeiten offenhalten wollte, bis sie endlich wüsste, wohin ihre Gefühle sie trieben. Ihr war klar, wie perfide ihr Verhalten war und dass sie Gaspard unter anderem auch um seine Entscheidung betrog, sich von ihr abzuwenden. Er könnte sagen, er wolle nichts mehr mit ihr zu tun haben, er könnte um ihre Beziehung trauern und irgendwann einmal aus seiner Verletztheit Kraft schöpfen, um über sie hinwegzukommen. Stattdessen hielt Lorianne ihn an der langen Leine. Sagte, dass ihre Gefühle für ihn nicht weg seien, nur eben anders. Es war weder gelogen noch unlogisch nach so vielen gemeinsamen guten Jahren. Weshalb sollte sie nichts mehr für ihren Mann empfinden? Aber reichte das aus, um die Beziehung weiterführen zu können? Hatte sie sie nicht an dem Tag beendet, an dem sie Amaury gestattet hatte, sich zu ihr an den Tisch zu setzen? Sie gab vor, im Süden leben zu wollen und einen Kindheitstraum zu verwirklichen. Aber war das denn wirklich ihr Wunsch? Ihr Antrieb? Oder nur ein beschämender Fluchtversuch, eine Gelegenheit, sich von ihrem Mann zu trennen, räumlich, um vorzufühlen, wie es ihr damit erginge, wenn es ihn tatsächlich nicht mehr in ihrem Leben gab? Und tat Gaspard nicht das Gleiche wie sie, indem er sie in ihrem Weg weit weg von ihm unterstützte, aus Angst, sie könnte sonst diesen Weg auch ohne ihn gehen? Oder war sie naiv, und Gaspard hatte längst eine andere und konnte es kaum erwarten, dass sie endlich gegangen war? Nein, das glaubte sie nicht, doch Anaïs hatte sie gewarnt. Wenn du nicht entscheidest, entscheidet er irgendwann für dich, falls er es nicht eh schon getan hat.

Amaury öffnete die Augen.

»Ich habe deinen Blick auf mir gespürt«, sagte er und drehte sich zu ihr hin.

»Du meinst wohl meine Hand«, antwortete Lorianne und schlug zärtlich ein paar imaginäre Klaviertasten auf seiner Brust an.

»Die auch«, sagte Amaury, umfasste ihre Finger, beugte sich vor und küsste sie, sanft und doch gierig. »Und ich habe noch etwas anderes wahrgenommen«, flüsterte er ihr ins Ohr.

»Ach ja? Was denn?«

»Sorgen. Schwere Gedanken. Ein schlechtes Gewissen. Und trotz allem die Lust auf Wiederholung und den Wunsch danach, tiefer zu blicken, hinter die offensichtlichen Schichten der Lust, die abblättern könnten wie die Rinde der Platanen – oder aber nicht.«

Lorianne merkte, wie ihr Herz brannte. Seine Worte trafen sie dort, wo es auf angenehme Weise wehtat. Ein wohliger Schmerz. Es stimmte, was er sagte. Alles in ihr verlangte nach der Verführung. Sie wollte sie, sie konnte sich nicht vorstellen, dass dieser Drang je wieder verloren gehen könnte, jetzt, da sie sich fallen gelassen und eine Grenze überschritten hatte, an die zu denken ihr bis vor Kurzem undenkbar gewesen wäre. Sie zehrte von Amaurys Charme, von seiner Offenheit, seinem Selbstbewusstsein, seinem Wissen, wie und wo er sie berühren musste, damit sie schwebte zu einer Wiese aus weichem Moos, das sie einbettete wie eine zweite Haut. Sie fragte sich, ob das Gefühl, sich mit ihm als eine andere wahrzunehmen, gar eine andere zu sein, nicht vielleicht das wahre, authentische Gefühl war. Ob nicht vielleicht Gaspards Lorianne eine falsche war – gar eine andere.

»Komm her!«, sagte Amaury tröstend. Und Lorianne schmiegte sich in seine Arme.

Später blieb sie noch eine Weile in Amaurys Wohnung, auch als er zur Kunsthochschule fuhr. Sie sah ihm zu, wie er sich ein Hemd über die frisch geduschte Haut zog, sich mit den Fingern durchs schwarze Haar strich und es einigermaßen in Form brachte. Sie saß im Bett, die Beine angewinkelt, das Kinn auf ihren Knien abgelegt und naschte an diesem Moment. Mein Liebhaber, dachte sie. Das ist er also. So sieht er aus.

Amaury legte den Wohnungsschlüssel auf den kleinen, hölzernen Tisch, trat geschwind zu ihr ans Bett, gab ihr einen warmen Kuss, sagte »Bis später, Chérie«, als lebten sie zusammen, als seien sie ein Paar.

»›Ich wünschte, ich wäre frei mit dir.‹
›Niemand ist frei mit mir.‹
›Geh!‹
›Du wirst wollen, dass ich wiederkehre.‹
›Geh!‹
›Ich gehe erst, wenn du sagst, ich soll nicht mehr zurückkommen.‹«

Wieder bei sich zu Hause in der neuen Wohnung, holte Lorianne das Notizbüchlein aus der Tasche, das ihr Maribel anvertraut hatte. Behutsam fuhr sie über den petrolgrünen Stoffeinband.

Auf der kleinen Dachterrasse suchte sie sich ein schattiges Plätzchen unter der Pergola, schlug die erste Seite auf, begann zu lesen.

Manch Neues entsteht aus einem einzigen Gedanken, war der erste Satz. Lorianne erkannte in ihm ihre eigene Lebenssituation wieder. So hatte es auch bei ihr begonnen. Ihre Finger begannen zu zittern, sie spürte, wie sich ihre Aufregung in einem fiebrigen Frösteln äußerte. Sie hatte den Eindruck, als wären das ihre Worte, als hätte sie sie selbst geschrieben und nun zum ersten Mal nach einer längeren Zeit wieder zur Hand genommen, als würde sie von ihrem eigenen Selbst, das in der Vergangenheit lag, überrascht werden, als würde dieses vergangene Selbst nun einen Abgleich suchen mit ihrem jetzigen Ich, als könnte sie, wenn sie weiterlas, in die Zukunft blicken. Sie fragte sich, ob sie es wagen dürfte, ob sie weiterblättern oder lieber innehalten sollte, bis ihr eigener Weg klarer wäre.

Während sie überlegte, blätterte sie um. Sie konnte nicht aufhören zu lesen, erst leise, für sich, dann noch einmal, laut. Es schauderte sie bei der Vorstellung, dass die alte Frau all die Wellenflüge, die sie selbst gerade erlebte, genauso durchgemacht hatte, nur dass Maribel die Flehende gewesen war, die auf die Entscheidung ihres Liebsten hatte hoffen müssen.

Maribels Zeilen waren wie Gold für Lorianne. Unbezahlbar. Sie umfassten ihr Herz, hielten es nach oben, damit es nicht zu schwer würde.

Kann ein Gedanke, der so schnell auftaucht wie ein Vogel, auch genauso schnell wieder verfliegen?

Und weiter hinten: *Ich versuche zu verstehen. Ich scheitere. Ich liebe.*

Lorianne versank in diesem Büchlein, blätterte vor, blätterte zurück, verspürte Ehrfurcht und Mitleid, Neugierde und Zuneigung und das Gefühl, eine Seelenverwandte gefunden zu haben, wenngleich das, was Maribel erlebt hatte, von einer anderen Perspektive aus geschehen war. Und dennoch: Es änderte nichts an der Gemeinsamkeit der Empfindung und ihrer Nachvollziehbarkeit.

Die sandbraune Katze, die schon bei der ersten Wohnungsbesichtigung ihre Aufmerksamkeit gesucht hatte, stand plötzlich auf der Brüstung. Lorianne fragte sich, wie sie es wohl bis hier hochgeschafft hatte. Sie klappte das Büchlein zu und legte es zur Seite. Wie zur Antwort machte die Katze einen großen Sprung auf die seitliche Mauer, balancierte gefährlich nah am Abgrund entlang, um dann, leise und elegant, auf der Terrasse zu landen. Langsam näherte sie sich nun Lorianne. Sie tat es zögerlich, aber doch mit Zutrauen, bis sie schließlich mit zittrigem Schwanz um Loriannes Beine strich und um Streicheleinheiten oder um etwas zu fressen bat. Lorianne nahm das Tier auf den Arm. Es schnurrte so laut, dass die starke Vibration Lorianne zum Lachen brachte.

»Du bist mir ja eine Genießerin«, sagte Lorianne. »Willst du mir etwa Gesellschaft leisten? Von mir aus gerne. Du bist herzlich willkommen in meinem neuen Zuhause.«

Die Katze suchte sich einen Platz zum Verweilen in Loriannes Armbeuge. Ihre Zutraulichkeit gefiel Lorianne. Sie nahm ihr das Gefühl jener speziellen Form von Einsamkeit, die sie selbst für sich gewählt hatte.

»Weißt du was? Ich werde Maribel zu meiner Eröffnung einladen. Was denkst du darüber? Ich glaube, ich habe ihr Vermächtnis erhalten, weil sie sich in mir wiedererkannt hat. Sie ist eine Seelenverwandte. Verstehst du? Und eine solche brauche ich jetzt. Oder was soll ich deiner Meinung nach tun? Ist es richtig, meinem Gefühl zu folgen? Ihm zu vertrauen? Oder sollte ich vernünftig sein, mein Leben nicht aufgeben für ein neues, unwegsames?«

Die Katze schnurrte nun lauter, kniff die Augen zusammen und rollte sich noch ein Stückchen mehr ein.

»Ich werde seinen Blick nie vergessen, als ich sagte, seine Liebe töte mich. Wie dünn kann Luft werden, um noch atmen zu können?, fragte er und küsste meinen Bauch, meinen Busen, mein Geschlecht.«

Eine Woche war seit Loriannes erster Nacht mit Amaury vergangen. Eine Woche, in der sie sich jeden Tag sahen, in der sie jede Nacht miteinander schliefen, oft mehrmals – ihre Anziehung war unermesslich groß, wie ein Rausch, der niemals zu Ende gehen durfte.

Amaury sagte zu ihr, er sei glücklich. Er sagte, er sei verliebt. Er sagte, zum ersten Mal lebe er. Er sagte, er liebe. Ja, er sagte, mit ihr zusammen sei er die Liebe selbst.

Wenn Anaïs ihr solche Sätze von ihrem Geliebten erzählt hätte, hätte Lorianne die Augen verdreht und gedacht: Was für ein Hochstapler! Doch wenn Amaury das sagte, fühlte sie die Wahrheit dahinter. Sie brannte darauf, ihn zu berühren und von ihm berührt zu werden. Es war wie eine Abhängigkeit, der sie sich nicht entziehen wollte.

Einmal rief Gaspard auf ihrem Handy an, während Lorianne erschöpft nach einem intensiven Liebesakt in Amaurys Armen lag. Sie sah auf das Display, auf das Foto ihres Mannes, auf der Bank vor dem Haus seiner Eltern, ein zufriedenes Lächeln im Gesicht. Es war ein sympathisches Bild. Alles an Gaspard wirkte gelöst. Er blickte glücklich in die Kamera, wie einer, der alles erreicht hat und nichts mehr braucht. Die Augen lachten, der Mund lachte, die Sonne lachte.

Lorianne erinnerte sich gut an den Tag, an dem sie das Foto von ihm geschossen hatte. Es war an einem Sonntag gewesen im April vor drei Jahren, als sie eine

Einladung seiner Eltern zum Mittagessen angenommen hatten. Was nicht oft vorkam. Das stumme Verhältnis hielt Gaspard davon ab, sie zu besuchen.

Ausgerechnet an jenem Tag hatte Gaspards Mutter Lamm gekocht. Die Vorstellung, ein Tier zu essen, das eben erst das Licht der Welt erblickt hatte, war Lorianne zuwider. Gaspard wusste das seit ihrem allerersten Rendezvous in einem der schicken Restaurants von Straßburg. Der Kellner war an ihren Tisch getreten und hatte ihnen Lammschulter in einer Thymian-Weißwein-Soße empfohlen, woraufhin es Lorianne auf Anhieb schlecht geworden war. Gaspard hatte es ihr angesehen und gefragt, was los sei. Und Lorianne hatte geantwortet, sie esse alles, aber nichts, was geboren worden war, um sofort auf dem Teller zu landen. Damit habe sie ein Problem.

An jenem Tag bei seinen Eltern servierte Gaspards Mutter also das Fleisch. Lorianne bekam das erste saftige Stück. Gaspard das zweite. Er machte sich sofort darüber her, als hätte er tagelang nichts zu essen gehabt. Lorianne wagte es nicht, das Lamm auch nur anzusehen. Sie wusste, wie sehr sie sich in etwas hineinsteigern konnte – und wollte keinen Eklat mit Gaspards Eltern provozieren. Sie würden ihre Ablehnung gegenüber dem Essen nur als Affront verstehen, verständnislos, wie sie waren. Lorianne wartete darauf, dass Gaspard ihr das Stück Fleisch in einem unbeobachteten Moment abnahm. Doch Gaspard hörte ihren stummen Schrei nach Hilfe nicht. Er aß genüsslich von seinem Teller, und von Zeit zu Zeit schmatzte er sogar. Lorianne ekelte sich vor den Geräuschen, die er von sich gab. Sie zwang sich dazu, an etwas anderes zu denken als daran, dass Gaspard gerade ein neugeborenes Tier zerkaute. Es gelang ihr kaum. Die Gänsehaut auf ihrem Unterarm war nur ein milder Ausdruck ihrer Abscheu.

Später, beim Spazierengehen, wollte er ihre Hand nehmen. Lorianne ließ es zu, weil sie ihm hätte erklären müssen, warum sie gerade keine Lust hatte, ihm nah zu sein. Aber sie wollte sich ihm nicht erklären. Sie wollte auch *es* nicht erklären.

An jenem besagten Tag war etwas gekippt. Wie ein Eimer mit Sand, den man ausschüttet und wieder auffüllt und der danach nicht mehr gleich voll ist. Von außen kaum sichtbar. Von innen spürbar. Etwas hatte sich verschoben, auch weil Lorianne glaubte, dass Gaspard das Problem herunterspielen würde, sollte sie versuchen, es ihm zu erklären.

Lorianne hatte dieses Ereignis verdrängt. Erst jetzt, da sie bei Amaury war, fiel ihr die Geschichte zu dem Foto ein, das Gaspard ihr irgendwann einmal aufs Handy gespielt hatte – »Ich mag, wie glücklich ich da aussehe«. Es stimmte also nicht, dass immer alles gut zwischen Gaspard und ihr funktioniert hatte. Es hatte durchaus Störungen gegeben.

Das Handy vibrierte in Loriannes Gedanken hinein. Sie sah auf das Gerät und glaubte zu sehen, dass sich der Gesichtsausdruck ihres Mannes veränderte, je länger das Handy ins Leere läutete. Mal sah sie Enttäuschung in ihm. Mal Spott und Verachtung, als wüsste er, dass sie frisch geliebt in Amaurys Armen lag.

Lorianne überlegte, ranzugehen. Doch sie konnte nicht. Sie würde nackt im Bett sitzen, während sie mit Gaspard telefonierte, und Amaury würde ihren Rücken küssen. Er würde ihr mit jedem Kuss einen Stempel auf die Schulter auftragen, um zu beglaubigen, dass *er* derjenige sei, zu dem sie gehöre. Sie würde sich winden, um Amaurys Zärtlichkeiten abzuschütteln, solange sie telefonierte, weil sie sie in dem Moment nicht gebrauchen konnte.

Lorianne beugte sich über den Bettrand, drehte das Handy um, sodass es mit dem Display zu Boden zeigte. Amaury umarmte sie von hinten, versuchte, sie wieder zu sich zu ziehen. Doch Loriannes schlechtes Gewissen Gaspard gegenüber überwog. Sie löste sich von ihrem Liebhaber, stand auf, zog sich unter seinem ebenso fragenden wie sorgenvollen Blick an. Sie schwor sich, dass es das letzte Mal gewesen sei, dass sie mit ihm geschlafen habe, erst müsse sie wissen, was sie wolle, erst müsse sie mit Gaspard reden, ihm die Situation erklären, die Wahrheit sagen, das sei sie ihm schuldig – und sich selbst. Sie wusste bereits beim Hinausgehen, wie sehr sie sich belog. Wie schwach sie war. Verloren in ihrer Scham. Verloren in ihrem Hunger. Verloren in ihrer Angst.

»Sehen wir uns später?« Amaurys Frage ein Zittern in der Luft.

Lorianne schloss die Tür hinter sich.

»Er schenkt mir seine Tränen, warm. Sie lassen mich frieren, sobald mich die Leere seiner Versprechungen umfängt.«

Lorianne war sehr zufrieden mit ihrem kleinen Laden. Die Arbeit der vergangenen Wochen hatte sich gelohnt. Seitdem sie alles entsorgt hatte, was Maribel gehörte und nicht mehr brauchbar gewesen war, wirkte der Raum viel größer und einladender. Die Sonne fiel durch die geputzte Schaufensterscheibe, zeichnete einen warmen Lichtfleck auf den alten Dielenboden, den Lorianne mit einer großen, schweren Maschine erst abgeschliffen und dann mit Öl eingelassen hatte, ebenso wie den alten Tresen, der nun in neuem Glanz erstrahlte. Sie hatte lange darüber nachgedacht, ob es sinnvoll sei, sich derart ins Zeug zu legen, ob es nicht ausreichte, noch ein paarmal über den Boden zu wischen, damit er zumindest sauber sei. Doch schließlich hatte sie sich dazu entschieden, es richtig zu machen. Wenn schon, dann ganz, mit vollem Einsatz, hatte sie zu sich gesagt.

Noch nie hatte sie derart körperlich geschuftet – doch es hatte ihr gutgetan, zu sehen, was sie am Ende eines Tages mit bloßen Händen erreichen konnte.

Es roch angenehm sauber in dem Raum. Nach Farbe und Putzmittel. Aber auch nach Aufbruch und Neuanfang und nach den duftenden Pfingstrosen, die sie auf den Tresen gestellt hatte – inspiriert von einem Stillleben Pierre-Auguste Renoirs aus dem Jahr 1872, das als Kalenderblatt in Amaurys Küche hing.

Am besten gefiel Lorianne der lavendel- und mohnfarbene Anstrich an den Wänden. Erst hatte sie geglaubt, das leuchtende helle Rot würde sich mit dem pastelligen Violett beißen. Doch dann war sie ihrer

Intuition gefolgt, hatte es einfach ausprobiert, die dicken Malerrollen in die Eimer getaucht und war mit ihnen über die Wände gefahren. Sie brauchte nicht viele Armbewegungen, um zu sehen, dass die beiden Farben perfekt miteinander harmonierten. Sie fügten sich nicht nur gut in den Raum, sondern auch in die Umgebung, das Städtchen, die Landschaft, das Klima.

Für die Auslage im Schaufenster hatte sich Lorianne lange den Kopf zerbrochen, mit welchen Büchern sie ihren Laden eröffnen sollte. Der erste Eindruck war wichtig, setzte ein Zeichen. Letzten Endes entschied sie sich dafür, die linke Seite an den Dichter René Char zu vergeben. Er war ein Sohn der Stadt, der in der Résistance gegen die deutsche Besatzung gekämpft und unter anderem mit Künstlern wie Paul Celan, Gilbert Lély, Joan Miró, Albert Camus und Paul Éluard verkehrt hatte. Lorianne mochte seine sinnlich-poetische Arbeit sehr, die in der schwierigen Zeit der Résistance entstanden war. *Feuillets d'Hypnos* war ein Band, den sie mehrmals gelesen hatte. Sie fand, es gehörte sich, dem Dichter von L'Isle-sur-la-Sorgue einen Platz in ihrer Buchhandlung zu geben, und sei es auch nur für den Eröffnungsmonat.

In der Mitte des Schaufensters platzierte Lorianne drei Romane. Es waren allesamt Neuerscheinungen, die eines gemein hatten: Ihre Autorinnen setzten sich für eine gendergerechte Sprache ein. Das gefiel Lorianne, seit Premierminister Édouard Philippe entschieden hatte, dass der Satz *Le masculin l'emporte sur le feminin – das Männliche hat Vorrang vor dem Weiblichen,* den alle Kinder im Grammatikunterricht lernten, weiterhin Bestand haben solle.

Rechts im Schaufenster gab es eine kleine Auswahl von Kinderbüchern, aus denen Lorianne ihren eigenen Kindern vorlesen würde, hätte sie welche bekommen. Vielleicht, so dachte Lorianne jetzt, da sie ihre Zusammenstellung betrachtete, war ihr Wunsch, die Buchhandlung im Süden zu eröffnen, auch deswegen stärker geworden, weil es schlicht möglich war. Es gab keine Kinder, die sie zur Schule bringen musste, und keine Eltern, die ihrer Pflege bedurften. In dieser Hinsicht war sie freier als ihre Freundin Anaïs, die einen Großteil ihres Tages damit verbrachte, ihre Kinder irgendwohin zu kutschieren und ihre verwitwete Mutter zu unterstützen, die zu alt war, um es ganz ohne Hilfe zu schaffen. Anaïs hatte Lorianne oft um ihre Freiheit beneidet, und Lorianne hatte immer nur gelacht und gesagt: »Von so vielen Freiheiten, wie du dir herausnimmst« – sie dachte dabei natürlich an Anaïs' Liebhaber –, »wage ich nicht einmal zu träumen.«

Was nicht mehr stimmte.

Es hätte viel dafür gesprochen, in ihrer Heimat zu bleiben – wenn sie ein Kind gehabt hätte, oder zwei, oder drei, eine ganze Horde, wie Gaspard sich in Rage geredet hatte, lange war es her, seine Hand in ihrer, sicher und warm, aber ohne das schmerzliche Brennen, das sie kannte, seit Amaury seine Hand in ihre legte. Es wäre die Nähe zu den Großeltern gewesen, ihre sichere Stelle in der Bibliothek, Gaspards gutes Einkommen bei der Firma, ihre engste Freundin Anaïs, ihre große Eigentumswohnung, aber auch die Tatsache, alles und jeden um sich herum zu kennen und zu wissen, wo was war. Ihre Heimat bedeutete Sicherheit – eine Sicherheit, die zur unsichtbaren Schlinge geworden war, langsam, unmerklich, und die sich an dem Tag zugezogen hatte und erst dann als erstickend spürbar geworden war, als die Blaumeise auf dem Baum landete, während Gaspard Probleme hatte, in die große Lücke einzuparken.

Lorianne hatte geglaubt, sie würde für immer traurig bleiben, damals, als ihre Vorstellung von einem sinnhaften Leben nicht so eingetreten war wie erhofft. Doch interessanterweise war es nicht so gekommen. Sie hatte ihre Situation, kinderlos zu bleiben, schnell akzeptiert und sich weniger eines angenommenen Glücks beraubt gefühlt als vermutet. Im Gegenteil. Immer wieder erwischte sie sich bei dem Gedanken, dass es gut war, wie es ist, und dass der Wunsch nicht wirklich ihrer gewesen war, sondern der von Gaspard, den sie nur zu erfüllen versucht hatte.

Einmal, es war an dem Tag, an dem sie den Termin im Kinderwunschzentrum absagte, den Gaspard für sie beide vereinbart hatte, hatte sie nachts nicht schlafen können, war aufgestanden und leise in die Küche gegangen, um sich etwas zu trinken zu holen. Als sie das Licht anknipste, erschrak sie fast zu Tode. Gaspard hatte im Dunkeln gestanden. Er lehnte an der Arbeitsplatte, den Kopf gesenkt, schlaff hingen seine Schultern herunter. »Gaspard!«, sagte sie. »Ich habe fast einen Herzinfarkt gekriegt. Was machst du hier?« Er hob den Kopf. Sie sah seinen verzerrten Mund, die verweinten, geröteten Augen, erschrak noch mehr, aber auf eine andere, tiefgehende Weise. »Was ist los mit dir?«, fragte sie, obwohl sie ahnte, was der Grund für seine Verzweiflung war, denn erst am Vorabend hatten sie wieder lange darüber diskutiert. Gaspard antwortete nicht. Sie näherte sich ihm, nahm seine Hand, wiederholte ihre Frage, leiser, eindringlicher. »Ich weiß nicht, wie du es schaffst, dass es dir nichts ausmacht«, sagte er, gefolgt von einem Schluchzen, das Lorianne in den Magen fuhr. Sie nahm ihn in die

Arme, drückte ihn fest an sich, sein Körper bebte, kam nicht zur Ruhe. Es tat ihr leid, dass ihr Mann so fürchterlich litt und dass er auch deshalb so litt, weil er mitbekommen hatte, wie gut sie damit klarkam, kein Kind zu bekommen. Sie fühlte sich schuldig. Gaspard wäre gerne weiter gegangen als sie – Ärzte, Untersuchungen, Hormone, künstliche Befruchtung. Doch sie wollte nichts erzwingen, was nicht von alleine ging, ohne medizinische Hilfe. Letztendlich – und Lorianne war sich sicher, dass vor allem das der Grund für Gaspards Traurigkeit war – war ihr die Gründung einer eigenen Familie nicht wichtig, zumindest nicht so wichtig wie ihm. Sie konnte sehr gut damit leben, verspürte diesen Drang nicht, sich unter allen Umständen fortpflanzen zu müssen. Gaspard hingegen musste erst lernen, mit dem Verlust seines Lebenstraums umzugehen. In den Monaten danach stürzte er sich wie ein Besessener in seine Arbeit. Lorianne sagte nichts dazu, obwohl sie sich Sorgen um ihn machte. Es war nicht gesund, was er tat. Er sah schlecht aus. Blass, Augenränder, er hatte abgenommen. Doch was hätte sie sagen sollen? Arbeite weniger? Pass bitte auf dich auf? Es lag an ihrer Entscheidung, dass er versuchte, sich abzulenken.

Lorianne nahm eines der Kinderbücher in die Hand. Ein Königspinguin war auf dem Umschlag abgebildet, der hoch zu einem eisblauen Himmel sah. Ein Flugzeug flog über seinen Kopf hinweg, schrieb graue, wolkenförmige Buchstaben auf beiges Papier. Auf jeder Seite, die dann folgte, flog ein weiteres Flugzeug über den Kopf des Königspinguins. Am Ende war der eisblaue Himmel der Antarktis dunkelgrau von Abgasworten und kaum mehr zu entziffern.

Lorianne klappte das Buch zu. Sie mochte es in

seiner Düsterkeit und seiner bildlichen Aussage über die Natur zerstörende Ignoranz der Menschheit. Und doch wusste sie nicht, welcher Vater oder welche Mutter, welche Grand-mère oder welcher Grand-père, welcher Tonton, welche Tata diese mit bunten Farben gezeichnete apokalyptische Zukunftsdarstellung kaufen sollte, um sie in die Händchen eines Kindes zu legen, das sein Leben noch vor sich hatte. Sie würde Werbung für das Buch machen müssen, damit es eine Chance hätte, gekauft zu werden.

In drei Tagen sollte die Eröffnung sein. Gaspard hatte sich angekündigt. Er hatte ihr eine Nachricht mit einem flammenden Herzen aufs Handy geschickt, was ganz und gar nicht seine Art war. Normalerweise mochte er keine Emojis, seit er einen Artikel gelesen hatte, in dem stand, dass Wissenschaftler angeblich herausgefunden hätten, dass Menschen, die Emojis verwendeten, ungebildet seien – zumindest ungebildeter als die Menschen, die nicht auf diese bunten Bildchen zurückgriffen.

Überhaupt hatte Gaspard nur im Notfall eine Nachricht per SMS oder WhatsApp geschickt. Er rief lieber gleich an. Stimme auf Stimme hatte er stets gesagt, das sei ihm lieber. Doch seit Lorianne in L'Isle-sur-la-Sorgue lebte und nur noch selten ans Handy ging, weil sie nicht mit Gaspard reden wollte, während sie bei Amaury war, verhielt er sich anders. Es gab Tage, da schickte Gaspard ihr gleich mehrere fröhliche Bilder hintereinander. Eine Sonne, wenn er ihr einen schönen Tag wünschte. Ein Smiley mit Sternen als Augen, wenn er ihr schrieb, dass er eine ihrer ehemaligen Kolleginnen getroffen habe, die ihr schöne Grüße ausrichte. Manchmal kamen auch ein Flamingo oder ein Tischtennisschläger, einfach so, ohne besonderen Kommentar. Und dann konnte es sein, dass er ihr ein paar Zeilen in Anführungsstrichen schrieb und Lorianne fragte, ob sie erraten könne, welchen Schriftsteller er da zitiere. Sie lag fast immer falsch und ärgerte sich auf eine angenehme, spielerische Weise.

Lorianne mochte Gaspards neue, versponnene Art, Dinge zu tun, die sie nicht von ihm erwartet hätte. Das waren die Momente, in denen sie ihm zurückschrieb, in denen sie eine innere Abkehr von Amaurys Berührungen und Blicken wahrnahm, eine Unsicherheit, die ihren Fall, ihren Absturz so lange abfederte, bis Amaurys Verlangen sie wieder derart einnahm, dass es zu ihrem wurde und die Gedanken an Gaspard ebenso verdrängte wie ihr schlechtes Gewissen.

*»Heilende Einsicht, tiefe Wunde grob.
Die Vernunft ist ein ewig Gängler des greifbaren Glücks.«*

Gaspard kam nicht zur Eröffnung.
Er schrieb, er sei krank geworden. Über Nacht. Es war eine kurze Nachricht. Ohne Emojis. Mit drei Tippfehlern in zwei Sätzen. Wie hingerotzt, dachte Lorianne und war davon überzeugt, dass er versuchte, sich vor ihr zu schützen – vor ihrer Ehrlichkeit, ihrer Grausamkeit, ihrer Feigheit.

Sie hatten am Abend vor seiner Absage telefoniert. Zwei Stunden lang. Zu Beginn hatte Gaspard gute Laune gehabt. Wie die meiste Zeit, seit Lorianne ihn mit ihrem neuen Lebensplan vor den Kopf gestoßen hatte und er ihr dabei behilflich gewesen war, alles, was dafür nötig war, in die Wege zu leiten. Er hatte erzählt, das Sofa sei endlich von der Polsterei geliefert worden, fester Stoff und dennoch weich, sonnig gelb. Es mache sich gut im Wohnzimmer, und er freue sich schon darauf, wenn sie ihn besuche und sie zusammen eine gute Flasche köpfen und darauf trinken würden. Sie wolle das Sofa bestimmt sehen – der Satz hatte wie eine Feststellung und zugleich wie eine Frage in der Luft gehangen.

Lorianne hatte ihn reden lassen, war nicht darauf eingegangen, weil es sie ärgerte, wie er blind ignorierte, was los war, wenngleich sie ihrerseits nichts anderes tat. Dann, irgendwann, hatte es eine Pause gegeben, lang und quälend, und dann hatte Gaspard weitergeredet, als wäre da kein Schweigen gewesen. Er erwähnte, wie gut es bei ihm in der Arbeit laufe, er habe ein paar lukrative Abschlüsse erzielt, und die Chancen auf den Chefposten stünden besser denn je.

Es fiel Lorianne zunehmend schwer, ihm zuzuhören. Er berichtete von einem Leben, das weit weg von ihrem war. Sie fühlte sich nicht verbunden mit dem, was er sagte. Seine Worte kamen gedämpft bei ihr an, erreichten sie kaum. Lorianne erwischte sich dabei, Gaspards Art zu reden mit der von Amaury zu vergleichen. Sie wollte das nicht. Es kam ihr armselig vor. Und doch geschah es. Wie von allein. Erst sträubte sie sich dagegen, dann ließ sie es zu und spürte, wie sehr sie in dem Moment Amaury vermisste, seine Erzählungen über einige Werke seiner Studenten, seine Begeisterung für Farbpigmente, seine Blicke, seine Stimme, seine Berührungen, seine unersättliche Lust nach ihr. Da unterbrach Lorianne Gaspard mitten im Satz. Sie sagte nicht: »Ich muss dir etwas gestehen« oder »Es ist was geschehen, das du wissen solltest«. Sie sagte nur: »Ich habe noch eine Liebe.«

Sie konnte Gaspard nachdenken hören. Das Stillschweigen am anderen Ende – diesmal war es nicht lähmend, sondern voller Spannung. Dann antwortete er: »Ich könnte dich fragen, ob sie mir gilt, die Liebe, die du noch hast. Aber ich frage dich, ob sie Amaury heißt.«

Lorianne nickte. Gaspard verstand das Nicken, ohne es zu sehen.

Er sagte nicht: »Ich habe es befürchtet.«

Er fragte nicht: »Wieso?«

Er sagte nicht: »Wie kannst du nur nach all dem, was ich für dich getan habe?«

Er sagte nicht: »Ich verstehe dich nicht.«

Er sagte nicht: »Wenn ich diesen Mistkerl sehe …«

Er fragte nicht: »Wie groß ist sie, die Liebe?«

Er fragte nicht: »Wie viel Platz gibt es noch für mich?«

Er fragte nicht: »Ist es ernst?«
Er weinte auch nicht.
Er schrie nicht.
Er sagte nur: »Ich verstehe.«

Am nächsten Tag dann erreichte Lorianne seine Absage. Sie hatte damit gerechnet. Gaspard tat gut daran, sich vor ihr zu schützen, vor den Schmerzen, die sie ihm bereitete. Und doch machte sich eine tiefe Enttäuschung in ihr breit, als sie seine Nachricht las. Ein paradoxes Gefühl, schwer zu begreifen und doch wahr und so klar wie ein Vexierbild, das eindeutig war, je nachdem wie man es betrachtete.

»Der Unterschied zwischen mir und dir ist, dass du eine Narzisstin bist, eine Egoistin« – hatte Anaïs ihr mit ihrer trockenen, feststellenden Art unter die Nase gerieben. Anaïs wusste alles über Loriannes *postpubertären Ausbruchsversuch,* wie sie Loriannes Affäre mit Amaury nannte. Und obwohl Anaïs nichts anderes lebte als Lorianne selbst (wobei Anaïs das anders sah), urteilte sie, wie einst Lorianne über ihre Freundin geurteilt hatte. »Zwei Männer auf einmal, das geht auf Dauer nicht gut.«

»Aber du hast doch auch deinen Mann und einen Geliebten.«

»Das ist etwas anderes. Édouard wusste von Anfang an über Mathieu Bescheid. Ich habe ihn nicht enttäuscht. Ich habe ihn nicht betrogen. Es war mit ihm besprochen. Und Édouard hat seine Geliebte. Es gibt einen Ausgleich.«

»Was, wenn Amaury keine Amour fou ist, sondern Liebe?«

»Dann solltest du Gaspard verlassen.«

»Das kann ich aber nicht.«

Anaïs verdrehte die Augen. »So viel Egoismus ist schwer zu ertragen.«

Als Gaspards Absage eintraf, hatte Lorianne gerade Amaurys Wohnung verlassen. Sein Duft lag noch auf ihr, hüllte sie ein mit seiner Zärtlichkeit. Sie blieb stehen, atmete tief durch, dann wählte sie Gaspards Nummer. Sie drückte nicht auf seinen Namen, sie tippte die Ziffern einzeln ein. Es fühlte sich richtiger an, die Distanz zu wählen, als die Nähe zu berühren, die es nicht mehr gab. Gaspards Stimme war rau und tief, aber nicht unfreundlich oder abweisend, wie sie es erwartet hatte. Lorianne war überrascht, dass er die Wahrheit gesagt hatte, dass er tatsächlich krank war, dass er nichts vorgab, was nicht war. Sie konnte hören, wie schwer es ihm fiel, mit ihr zu reden. Und dieser Schmerz rührte nicht nur von den entzündeten Mandeln her, die ihn plagten.

»Weshalb rufst du an?«

»Ich habe ein schlechtes Gewissen.«

»Du hast dich entschieden. Dafür brauchst du kein schlechtes Gewissen zu haben.«

»Ich bin traurig.«

»Ich bin nicht derjenige, der dich trösten sollte.«

»Und wenn ich mir wünsche, du würdest mich trösten?« Warum sagte sie das? Warum konnte sie ihn nicht loslassen? Warum war sie nur so feige?

»Dann hättest du dich noch nicht entschieden.«

»Ja.«

»Bitte spiele nicht mit meiner Hoffnung. Das ist nicht fair.«

»Anaïs hat mal zu mir gesagt, eine Liebe löst nicht zwangsweise eine andere ab. Lieben könnten nebeneinander existieren.«

»Das mag sein. Ich möchte aber nicht so leben. Möchtest *du* das denn?«

»Ich weiß es nicht. Nein. Ich glaube nicht. Aber ich kann das Bedürfnis nicht abstellen, zu Amaury zu gehen, mich ihm hinzugeben.«

Stille.

»Du tust mir weh!«

»Ich weiß.«

»Warum?«

»Würde ich dir weniger wehtun, wenn du nichts davon wüsstest?«

Wieder Stille. Dann, leise, flüsternd: »Ich wünsche dir viel Erfolg.«

»Für was?«

»Für deine eigene Buchhandlung, deinen Weg, deinen Wunsch, deinen Traum, die richtige Entscheidung. Meine ist gefällt. Ich möchte dich mit niemandem teilen.«

Er legte auf.

»Ich kämpfe um die Liebe und will nicht, dass die Liebe ein Kampf ist. Die Liebe soll von allein gewinnen.«

Die Sonne stach schon in den frühen Morgenstunden vom Himmel. Es würde ein besonders heißer Tag werden. Das hatten sie für das gesamte Département Vaucluse angekündigt.

Lorianne hatte wenig geschlafen. Es war schwül in ihrer Wohnung. Obwohl sie alle Fenster öffnete, gab es keinen Durchzug. Die Luft stand still. Drückend war die Nacht gewesen. Aber selbst wenn die Temperaturen niedriger gewesen wären, glaubte sie nicht, dass sie ein Auge zugemacht hätte. Zu nervös war sie wegen der Eröffnung, die für den Nachmittag geplant war.

Über fünfhundert mintgrüne Flyer hatte sie in der Stadt verteilt. In Cafés, Bars, Restaurants, Schulen, Kindergärten, Kirchen. Sie hatte in den umliegenden Geschäften angefragt, ob sie die Einladung für die Eröffnung ihrer Buchhandlung auslegen dürfe. Viele waren freundlich zu ihr gewesen – und interessiert. *Woher kommen Sie? Was haben Sie vor? Wann geht es los?* Fast alle, mit denen Lorianne geredet hatte, hatten zugesagt, vorbeizukommen und mit ihr anzustoßen. Die Euphorie war groß.

In vier Stunden würde die Lieferung des Cateringservices ankommen. Lorianne hatte sich für einen Crémant aus der Gegend entschieden und für salzige und süße Tartines, die die Hitze überstehen würden, auch ungekühlt. Sie hatte eine Markise vor dem Laden anbringen lassen, so lavendelfarben wie ein Teil der Wände im Geschäft. Und über der Markise stand in geschwungenen weißen Lettern: *Un livre est comme l'amour sans fin – Ein Buch ist wie die Liebe ohne Ende.* Sie hatte lange darüber nachgedacht, ob es geschickt war, sich für einen ganzen Satz zu entscheiden statt für ein eingängiges Wort wie *Buchsalon* oder *Lesezeit* oder dergleichen. Schließlich war sie aber zu dem Schluss gekommen, dass sie sich damit von anderen Buchhandlungen abhob und dass das genau das war, was sie wollte – ein Wagnis. So wie ihre Entscheidung, von zu Hause wegzugehen. So wie ihr momentanes Leben selbst.

Maribel war die Erste, die vorbeikam. Sie staunte nicht schlecht, als sie den Laden betrat. »Ich erkenne ihn gar nicht wieder«, sagte sie und sah sich um.

Lorianne zeigte ihr alles. Den Tresen, den sie abgeschliffen und geölt hatte; die alte, bronzene Registrierkasse, die sie zu Dekorationszwecken nicht weggeben wollte und aufpoliert hatte, bis sie glänzte; die neuen Lampen in Tropfenform, deren Licht warm und einladend war; die formschönen Regale, deren Aufbau so viel Mühe gekostet hatte; und zu guter Letzt: ihre Bücherauswahl.

Maribel nahm einen Gedichtband René Chars zur Hand, strich erst mit der Hand über den Umschlag, dann führte sie ihn an ihre Nase und roch daran. Dabei schloss sie die Augen. Lorianne beobachtete die alte Dame und fragte sich, was sie von dieser Geste halten sollte. Da legte Maribel den Gedichtband wieder auf den Tisch, wandte sich an Lorianne und sagte: »Ein sehr interessantes Sortiment haben Sie da. Und überhaupt: Schöner hätte der Buchladen nicht werden können. Ich gratuliere Ihnen von ganzem Herzen.«

Lorianne platzte fast vor Stolz. Die lobenden Worte taten ihr gut. Dass Maribel anerkannte, was sie hier geleistet hatte, war ihr viel wert. »Ich habe noch was für Sie«, sagte Lorianne, reichte der alten Frau den Arm und führte sie zu dem Fauteuil, in dem Maribel gesessen hatte, als sie das erste Mal in den Laden gekommen war. Sie hatte das gute Stück extra behalten. Als Dankeschön für das Vertrauen, das Maribel ihr entgegengebracht hatte, und als Dankeschön dafür, dass sie ihr Geschäft hatte übernehmen dürfen.

»Das ist die besondere Leseecke«, sagte Lorianne und machte eine einladende Handbewegung. »Hier soll sich meine Kundschaft wohlfühlen, ein Buch zur Hand nehmen und darin schmökern. So habe ich mir das immer vorgestellt. Und es bleibt Ihr Platz!« Sie klopfte gegen die gepolsterte Rückenlehne. »Bitte besuchen Sie mich, wann immer Sie wollen. Erst Ihre Anwesenheit macht diesen Ort hier vollständig.«

Maribel nahm Loriannes Hand in ihre, tätschelte sie. »Sie erinnern mich an mich, als ich noch jung war, aber das habe ich Ihnen ja schon gesagt.«

Lorianne nickte. »Das habe ich vermutet. Ich habe Ihre Zeilen gelesen, und es war, als würden Sie mir aus der Seele sprechen. Ich habe mich in so vielem wiedererkannt, auch wenn es bei Ihnen … umgekehrt war …«

Maribel legte einen Finger auf Loriannes Lippen. »Psst«, machte sie. Dann ließ sie sich langsam in den Sessel fallen. Ihr langer grauer Zopf fiel dabei über die Schulter. Maribel war eine attraktive Frau, selbst in ihrem hohen Alter verströmte sie eine Energie und eine erotische Wärme, die Lorianne faszinierte. Doch da gab es auch eine Traurigkeit und tiefe Melancholie, die sich in ihre Haut, in ihre Falten, in ihre Art, wie sie sich bewegte und einen anblickte, eingeschrieben hatte.

»Ich sehe, wie Sie mich ansehen«, sagte Maribel, kaum dass sie saß. »Es stimmt, ich war sehr schön.«

»Sie *sind* sehr schön«, unterbrach Lorianne sie.

Maribel winkte lächelnd ab.

»Ich hätte viele Männer haben können. Gute und schlechte, schöne und hässliche, fürsorgliche und die übelsten Streuner der Nacht. Doch ich entschied mich für das Unerreichbare, den Schmerz, die Hoffnung, den Zweifel, die Ausgrenzung, die Zerstörung … die Liebe. Ich war jung. Aber ich hätte nicht anders gehandelt, wenn ich mehr Lebenserfahrung gehabt hätte. Liebe kennt kein Alter. Wahre Liebe kennt nur das Ganze, kompromisslos. Ich habe alles gegeben, mir wurde alles genommen. Meine Liebe hieß Alain. Er war einer der Guten, zu gut, um seiner Frau und seinen Kindern wehzutun für ein junges Mädchen, wie ich es damals war. Und zu gut, um auf der falschen Seite zu stehen.« Maribel senkte den Kopf, beugte den Rücken. Sie machte sich klein in dem Fauteuil, versank fast in ihm. Ein unsichtbarer, schwerer Mantel schien sich um ihre Schultern zu legen, unter dem sie sich versteckte wie eine Schildkröte in ihrem Panzer. Doch da hob Maribel das Kinn wieder an, streckte den Brustkorb heraus und fuhr fort: »Alain … Er hatte sich der Résistance angeschlossen …«, sie machte eine lange Pause, sah Lorianne dabei tief in die Augen, »… und bezahlte dafür mit seinem Leben. Ein Schuss in den Kopf, auf offener Straße. Aufgespürt und hingerichtet.« Wieder sank sie in sich zusammen, wurde ganz klein in dem samtgrünen Sessel. Lorianne hätte die alte Frau gerne in den Arm genommen und irgendetwas Aufmunterndes und Ernstes darauf gesagt. Doch sie war wie gelähmt, wusste nicht, welche Worte geeignet wären, um Maribel zu trösten, ob es überhaupt möglich war, Trost zu spenden. Daher schwieg sie – und fühlte sich nicht wohl dabei.

»Aber genug jetzt von mir. Es ist lange her, ich möchte Sie nicht belasten. Ich höre, wie Sie nach Worten für etwas suchen, für das es keine gibt. Also widmen wir uns lieber der Zukunft«, sagte Maribel. »Amaury hat mir alles erzählt.«

Lorianne sah die alte Frau ungläubig an. »Was hat er denn alles erzählt?«

Maribel strich über Loriannes Hand. Sie wollte gerade noch einmal fragen, was Amaury denn erzählt habe, als sie seine Stimme hörte: »Konspirative Gespräche am Eröffnungstag?«

Lorianne drehte sich um. Amaury stand direkt vor ihr. Er hatte sich in Schale geworfen, trug einen hellen, cremefarbenen Anzug, der gut zu Loriannes Kleid passte, als hätten sie sich abgesprochen. Sie war froh, dass er da war. Sie konnte moralische Unterstützung gut gebrauchen. Sie löste sich von Maribel, die ihr aufmunternd zuzwinkerte, nahm Amaury an die Hand und führte ihn herum, als hätte er noch nicht gesehen, was sie erschaffen hatte.

»Ich dachte, ich müsste verstehen. Jetzt weiß ich, dass Verstehen bedeutet, etwas bereits hinter sich gelassen zu haben.«

Die Eröffnung wurde zum Desaster. Nur wenige statteten Loriannes Buchhandlung einen Besuch ab. Ein Ehepaar, das zufällig vorbeikam. Ein paar Touristen, die sich genüsslich am Büfett bedienten und ihre Gläser auffallend oft mit Crémant füllten, zwei Frauen, die Lorianne schon einmal gesehen hatte, aber nicht einordnen konnte, und eine Studentin mit langem, weizenblondem Haar, nach der sich alle umdrehten, Männer und Frauen gleichermaßen. Von all den anderen, die sich angekündigt und die ihr im Vorfeld viel Glück und Erfolg gewünscht hatten und mit ihr anstoßen wollten, war niemand gekommen.

Lorianne war enttäuscht.

Sie hatte so viel Werbung gemacht und sich mit der Renovierung des Geschäfts ins Zeug gelegt. Wie sollte das nur werden, wenn selbst an so einem Tag keine Kundschaft kam?

Irgendwann stand sie am Tresen und blickte sich im Raum um. Alles kam ihr surreal vor. Die Menschen, der Laden, ja auch sie selbst. Wie aus weiter Ferne sah sie auf die weizenblonde Studentin, die wie eine Ballerina zwischen den Gästen herumtänzelte. Sie beobachtete Maribel, die einer Königin gleich in ihrem Sessel thronte und von den Touristinnen abfotografiert wurde, als sei die alte Dame eine Sehenswürdigkeit. Sie blickte zu den Tauben auf dem Trottoir vor dem großen Schaufenster. Sie pickten Brösel und gierten danach, dass noch mehr Essbares für sie abfiel. Sie verfolgte einen Lichtstrahl, der wie ein goldenes Schwert durchs Fenster auf den Boden zeigte und feine Staubkörner aufleuchten ließ. Gaspard hatte ihr einmal erzählt, dass der meiste Staub als Sand aus der Sahara käme, dass er Tausende Kilometer fliege und bei seiner Reise durch die Luft nicht nur einen Teil des Regenwaldes dünge, sondern auch das Meer mit Eisen versorge. Was würde Gaspard wohl sagen würde, wenn er jetzt da wäre? Sicherlich würde er irgendein Detail ihrer Eröffnungsfeier – die roten Schuhe der Studentin, die laut auf dem Boden klackerten, den bärtigen Mann in der Ecke, der sich die Tartines ganz in den Mund legte, statt von ihnen abzubeißen – zum Anlass nehmen, um eine Geschichte daraus zu stricken, die sie amüsieren würde. Und er würde ganz einfache Sätze sagen wie *Aller Anfang ist schwer* oder *Das wird schon,* weil er wusste, dass sie sich fürchterlich darüber aufregen konnte, wenn er etwas, das ihr wichtig war, auf so banale Formeln herunterbrach, bis irgendwann der Punkt erreicht war, an dem sie alles nur noch halb so schlimm fand. So wie damals, als sie die Möglichkeit hatte, sich um den neu geschaffenen Posten der Bibliothekskuratorin zu bewerben. Fast zwei Wochen lang hatte sie sich Abend für Abend auf das Bewerbungsgespräch vorbereitet. Erst vor dem Spiegel, weil sie gelesen hatte, es würde helfen, wenn man sich selbst beim Sprechen zusehe, dann gemeinsam mit Gaspard, der in die Rolle ihres Chefs geschlüpft war. Gaspard war Lorianne eine große Hilfe gewesen. Er wusste um ihre Nervosität vor derart wichtigen Gesprächen und dass sie schon als Schülerin mit Blackouts zu kämpfen gehabt hatte. Lorianne mochte die Trainingsstunden, wie Gaspard sie nannte. Sie lachten viel, Gaspard war sehr gut darin gewesen, ihren Chef, der ein Patriarch alter Schule war, nachzuahmen. Am Ende wurde sie trotzdem nicht genommen. Ihr Chef hielt einen Bewerber aus Nancy für geeigneter. Lorianne war geknickt, enttäuscht, fühlte sich gedemütigt. Sie hätte gerne etwas erreicht und war gescheitert. Gaspard versuchte, sie zu trösten. *Das hat schon alles seinen Sinn,* sagte er. *Irgendwann machst du dein eigenes Ding. Das passt viel besser zu dir.* Am Anfang hatte es Lorianne geärgert, weil sie sich nicht ernst genommen gefühlt hatte in ihrer Enttäuschung. Doch Gaspard wurde nicht müde, diesen Satz wie ein Mantra zu wiederholen. *Irgendwann machst du dein eigenes Ding. Es werden sich andere Möglichkeiten auftun, bessere, du wirst schon sehen, du musst nur daran glauben,* und Lorianne fing tatsächlich an zu glauben, dass es gut war, die Stelle nicht bekommen zu haben.

Lorianne musste schmunzeln. Allein Gaspard in ihrer Fantasie reden zu hören ließ sie sich besser fühlen. Was war sie froh, dass er nicht da war! Und was war sie traurig darüber. Sie hätte ihm gerne alles gezeigt, was sie ohne ihn nicht erreicht hätte. Was war sie aber auch dankbar, dass er nicht hatte beobachten müssen, welche verschwörerischen Blicke Amaury und sie sich zugeworfen hatten, voller Vorfreude darauf, sich später zu küssen, sich zu verschlingen.

Sie schüttelte sich, wollte die Zerrissenheit von sich abwerfen.

Doch sie blieb.

Du fehlst mir, schrieb sie, löschte das letzte Wort und ersetzte es durch *hier!*. Dann sendete sie die Nachricht ab.

»Ich schließe mich an.
Ich kämpfe im Widerstand.
Ich gehe.
Ich muss.
Ich flüchte nicht vor der Verantwortung.
Ich stelle mich ihr.
Wenn alles vorbei ist.
Du wirst es nicht verstehen.
Du wirst mich dafür verachten.
Ich möchte Dich nicht bitten, auf mich zu warten.
Ich flehe Dich an, es zu tun.«

»Ich verstehe Dich.
Ich leide.
Ich bange.
Ich liebe.
Ich warte.
Ich kann nicht mehr.«

Gaspard bat um eine Auszeit. Vielmehr verbot er Lorianne, sich weiter bei ihm zu melden. Lorianne war überrascht, aber auch getroffen. So kannte sie ihn nicht. Er war stets der Besonnene, der sich anders verhielt, als erwartbar gewesen wäre – ohne Vorwürfe und Aggressionen, ohne Bitten und Flehen, ohne unkontrollierte Wut.

»Wie schaffst du es nur, so zu sein, wie du bist?«, hatte sie ihn noch gefragt, als er ihr half, das Bett in ihrer neuen Wohnung zu beziehen. »Unsere Liebe ist kein romantischer Film, der zu Ende geht«, hatte er ihr zur Antwort gegeben. »Ich bin nicht das Klischee, das du befürchtest oder dir wünschst.«

Jetzt war es anders. Gaspard wurde schnell konkret am Telefon. Er sagte: »Ich rufe an, weil es so nicht weitergeht. Du kannst mich nicht fortschicken, um mich dann zu rufen. Es tut mir gut, wenn du mich rufst. Es nährt meine Hoffnung. Und im gleichen Moment verletzt mich deine Zerrissenheit mehr, als es deine Klarheit tun würde, selbst wenn sie sich eindeutig gegen mich richtet. Ich verstehe nicht, was zwischen uns geschehen ist. Ich wünschte, wir hätten uns gestritten. Ich wünschte, du könntest dich erklären. Ich wünschte, ich könnte mir etwas vorwerfen. Oder dir. Aber ich kann es nicht. Du musst dich entscheiden. Jetzt. Nicht in einer Woche oder in einem Monat. Zeit ist nicht das, was mir hilft. Und dir auch nicht.«

»Und wenn ich das nicht kann?«

»Dann muss ich es tun. Es liegt an dir.«

»Ich kann nicht.«

»Das ist feige, Lorianne.«

»Du bist gemein.«

»Nein. Ich bin ehrlich.«

»Ich auch.«

»Sicher?«

»Ich möchte das nicht.«

»Was?«

»Dass du mich verlässt.«

»Dann komm zurück! Dann verlass Amaury.«

»Ich kann nicht.«

»Du kannst nicht alles haben. Nicht mit mir. Weiß Amaury, dass du mich nicht loslässt?«

»Nein.«

»Was würde er sagen«?

»Das Gleiche wie du, denke ich.«

»Finde heraus, was du willst. Aber rufe mich nicht mehr an.«

»Es gibt Gründe.«

»Du hast mir nie welche gesagt.«

»Aber es gibt sie.«

»Dann nenn sie mir! Hilf mir zu verstehen.«

»Ich kann nicht.«

»Weshalb?«

»Ich kenne sie nicht.«

»Die Antwort lautet Entscheidung.«

»Ist alles eine Konsequenz der Entscheidung?«

»Vielleicht. Nein. Ja. Es spielt keine Rolle.«

»Du widersprichst dir.«

»Mach's gut.«

Gaspard legte auf, noch bevor Lorianne darauf reagieren konnte. Eine Weile starrte Lorianne auf das Schwarz des Displays. Dann stand sie auf und ließ die Lorianne, die gerade mit Gaspard geredet hatte, allein mit ihrer Zerrissenheit.

»Wenn Unbehagen sich durch die Adern schlängelt,
das Herz langsamer zu schlagen beginnt.«

Sie brauchte keinen Wecker, um wach zu werden. Es war ein anderes Aufstehen. Für sich. Für ihre Buchhandlung. Nicht so wie früher für ihren Job, zu dem sie nicht zu spät kommen durfte.

Seit ihrer Ankunft in L'Isle stand sie jeden Morgen in der Küche, hörte dem blubbernden Geräusch zu, das die kleine Espressomaschine machte, sobald das Wasser kochte und nach oben durch das Pulver drückte. Sie mochte den Kaffee neuerdings schwarz und kräftig.

Der Blick aus dem Fenster erheiterte sie. Die noch zusammengeklappten Sonnenschirme. Die Fassaden der Häuser. Das warme Licht, selbst in den frühen Morgenstunden. Das sanfte Rauschen des Windes in den Bäumen. Genau an der Stelle, an der sie den gesamten Bereich vor dem Gebäude überblicken konnte, hatte sie sich bei der Besichtigung der Wohnung stehen und Kaffee trinken sehen. Genau hier stand sie nun auch und trank ihn schwarz, ein Grummeln im Bauch, wie sie es als Kind gekannt hatte, wenn sie zu viele Erwartungen an sich stellte.

Manchmal kniff sie sich in die Wangen, um sich zu vergewissern, ob sie auch wirklich da war. Sie, allein an ihrem Sehnsuchtsort, eine verheiratete Frau, geliebt von ihrem verständnisvollen, zurückgelassenen Mann, der sich zu schützen suchte, und begehrt von ihrem Liebhaber, der entweder schon unterwegs zur Kunstakademie war oder noch schlief – in ihrem Bett.

Sie war verliebt in sein Verlangen. Sie war verliebt in das Gefühl, die Grenzen ihres Körpers zu spüren, wenn Amaury ihren Nacken küsste, ihre Schultern, ihren Bauch. Alles andere blendete sie aus, es war leichter, als sie gedacht hatte. War das nicht schon die Entscheidung, die Gaspard von ihr einforderte? Sie wusste es nicht. Sie wollte sich nicht damit beschäftigen. Sie sträubte sich dagegen. Sie wollte egoistisch sein, sich das nehmen, was ihre Lust beflügelte. Sie sah nicht zurück, aber auch nicht nach vorn.

Amaury hingegen wollte in die Zukunft schauen. Kurz nach der Eröffnungsfeier gestand er es ihr. Er sagte, er wolle mit ihr zusammenziehen, in ein kleines Häuschen auf der Anhöhe, nahe Saumane-de-Vaucluse. Er habe da etwas im Blick, seit Längerem schon. Er hatte den Tisch gedeckt. Schlanke Kerzen auf grau melierten Steinen, die er dort aufgesammelt hatte, wo er mit ihr hinziehen wollte, um ein neues Leben aufzubauen, gemeinsam. Er sei sich einer Sache noch nie so sicher gewesen. Der Blitz habe eingeschlagen, diesmal richtig. Jetzt wisse er, welche Kräfte er entfalten könne.

Die Augen groß und bittend. Abhandengekommen das selbstbewusste Flackern, die Verführung, der Reiz der Lust und des Verbotenen. In der Mitte des Tischs dampfte ein Bœuf en Daube, verströmte einen betörenden Duft nach Wacholder und Thymian, Salbei und Rosmarin. Dazu gab es einen fruchtstarken Bandol in bauchigen Gläsern.

»Ich brauche nichts außer dir«, sagte er, nahm sein Glas zur Hand, hob es langsam an und sprach ihren Namen aus. Er tat es mit Bedacht und mit solch einer Wärme, dass sie die Liebe, die er für sie empfand, regelrecht aus ihm herausströmen und sie umarmen sah.

Lorianne lachte verlegen. Sie tat es als Witz ab, um

sich Raum zu verschaffen. Zusammenziehen, neues Leben beginnen – das war ihr zu viel Planung. Sie hatte eben erst ihre Heimat verlassen, ihren Mann betrogen, eine Buchhandlung eröffnet, ihren Traum erfüllt und viel dafür aufgegeben. Ihr Leben war durcheinander, nichts hatte mehr Gewohnheit, einen Alltag gab es noch nicht. Sie hätte nicht gedacht, sich einmal danach zu sehnen. Unter keinen Umständen hatte sie vor, noch mehr Unruhe in ihre neue Lebenssituation zu bringen. Sie musste sich erst wieder ordnen. Doch sie wusste auch, dass Amaury es ernst meinte.

»Lorianne«, fuhr er fort. »Ich habe es nicht mehr für möglich gehalten. Ich war verletzt und verhärmt, nachdem meine Ehe zerbrach. Ich dachte, ich würde nie wieder so lieben können, wie ich geliebt habe. Das Schicksal belehrte mich eines Besseren. Schon an dem ersten Tag, als ich dich allein am Tisch sitzen sah, hatte ich eine Ahnung. Ich begehre dich. Ich bin vernarrt in dich. Ich will mit dir zusammen sein. Ohne Kompromisse. Ich bin nicht der Wolf, der dich fressen möchte, ich bin ein Liebender, der erst mit dir zu sein beginnt.«

Lorianne musste schlucken. Alles, was Amaury sagte, fühlte auch sie. Sie wollte nicht, dass das, was zwischen ihnen war, aufhörte oder abebbte. Aber mit Amaury den Weg zu gehen, den er sich wünschte – irgendetwas in ihr sträubte sich dagegen. Dazu war sie nicht bereit. Sie sah sich nicht mit ihm in einem gemeinsamen Haus auf dem Land leben, ganz gleich wie schön der Gesang der Zikaden sein mochte und der Blick über die Hügel mit all den Pinien und Strelitzien, von denen er ihr vorschwärmte. Sie sah sich nicht mit ihm zu ihren Eltern fahren, ihn in die Familie einführen. Je mehr Amaury davon redete, wie sehr er sie brauchte, begehrte, liebte, desto stärker wuchs ihr Unwohlsein. Sein Wunsch nach Verbindlichkeit wurde ihr zu viel. Er wollte mehr, als sie bereit war zu geben.

Wenn Unbehagen sich durch die Adern schlängelt, das Herz langsamer zu schlagen beginnt. Dieser Satz aus Maribels Büchlein kam ihr in den Sinn. Noch am Morgen hatte sie es zur Hand genommen und mittendrin aufgeschlagen. Mal sehen, was der Tag so bringt, hatte sie laut zu sich gesagt und dann die Seiten gelesen, zwischen denen ihre Finger haltgemacht hatten. In der Früh hatte sie keine Verbindung zu Maribels Worten aufbauen können. Sie hatte nur die Gänsehaut von ihrem Arm gewischt und das dunkle Gefühl aus ihrem Körper geschüttelt. Doch jetzt sah es anders aus. Lorianne verstand.

In dieser Nacht liebten sie sich nicht. Es war das erste Mal, dass sie nebeneinander einschliefen, ohne sich zu berühren.

Sie träumte, sie falle.

Sie träumte von Schatten.

Sie träumte, sie träume.

»Der Herbst entkleidet. So auch mich. Ich sehe, wie ich gesehen werde. Ich möchte verschwinden, aber ich warte auf ihn, wie ich von Anfang an gewartet habe. Hoffnung ist das einzig nicht Vergebliche.«

Lorianne zog die Schuhe an, verließ die Wohnung und ging die paar Straßen entlang bis zu ihrem Laden. Die innere Leere und Unruhe, die sie seit der Unterhaltung mit Amaury heimgesucht hatten, begleiteten sie. Vor der Tür blieb sie stehen, sah auf das Schild in der großen Scheibe, las ihren Namen, vor den sie in Großbuchstaben INHABERIN geschrieben hatte. Trotz ihrer Niedergeschlagenheit musste sie jetzt lächeln. Meins, dachte sie und zog den Schlüssel aus ihrer Tasche. Leicht bewegte er sich im Schloss. Die Glocke schellte, ein freundlicher Klang, der saubere Renovierungsgeruch wehte ihr entgegen, erfreute sie. Vom alten Mief war nichts mehr zu spüren. Da war es wieder, das Gefühl, endlich das zu tun, was sie sich in den vergangenen Jahren versagt hatte – aus Bequemlichkeit, Feigheit, Passivität, sie hatte keine Ahnung, warum. Oder war das alles nur ein Vorwand? Wofür? Und machte sie sich auch nichts vor? Sie war nicht hier, weil *sie* es sich ermöglicht hatte. Sie war hier, weil Gaspard die Weichen gestellt und jene Energie aufgebracht hatte, die sie sich für sich selbst gewünscht hätte. Ohne ihn hätte sie nichts verändert. Das wusste sie, auch wenn es ihr schwerfiel, es sich einzugestehen. Sie schämte sich dafür. Sie hatte sich groß gefühlt mit Amaury, doch wenn es darauf ankam, ließ sie ihn genauso fallen, wie sie Gaspard fallen gelassen hatte. Lorianne fragte sich, ob sie Amaury insgeheim nur für sich benutzt hatte, um sich sicherer zu fühlen, beschützt von einem Mann, einem Einheimischen sogar, der für sie da war, wann immer sie Rückhalt benötigte. Ohne die Begegnung mit ihm gäbe es sie in diesem Laden nicht. Und ohne die Unterstützung Gaspards würde sie ebenfalls nicht hier sein. Er hatte alles veranlasst. Wie konnte sie da nur glauben, sie habe etwas an ihrem Leben geändert? Es war eine Farce, nicht mehr und nicht weniger. Sie schrie diese Erkenntnis heraus, mitten in ihren Laden hinein, das Gebrüll einer Löwin, es war ein reinigender Schmerz. Ein stattlicher älterer Herr war auf dem Trottoir hinter ihr stehen geblieben, fragte, ob alles in Ordnung sei. Lorianne drehte sich um, nickte, sagte, sie habe nur einmal loslassen müssen, um sich besser zu fühlen, ob er das kenne. Der Mann, bestimmt um die siebzig, musterte sie, dann sagte er, er wünschte, er hätte es gekonnt, vielleicht hätte das etwas geändert. Mehr sagte er nicht. Er legte nur die Hand an die Krempe seines Huts, ging weiter. Und Lorianne schloss die Tür.

Sie atmete tief durch, klopfte sich dann mit den Handflächen ins Gesicht, hob die Arme an, streckte sich und befahl sich selbst, sich zusammenzunehmen. Sie stellte sich hinter den Tresen, sie öffnete die alte Kasse und schloss sie wieder. Sie nahm Bücher in die Hand, blätterte sie durch, legte sie wieder hin. Die Sonne vergoldete den Asphalt und die umliegenden Fassaden. Sie öffnete die Tür wieder, ließ sie so einrasten, dass sie weit offen stand. Eine Einladung, den Laden zu betreten. Aufforderung. Bitte.

Der Wind war milder geworden, wenn auch nicht weniger würzig, ein Hauch von reifem Pfirsich, vermischt mit Salbei und Salz, lag in der Luft. Passanten schritten vorbei, manche warfen einen Blick durch die große Fensterscheibe, manche beachteten sie nicht. Niemand hielt an. Niemand berührte den Griff der

Tür. Niemand trat herein. Die Glocke hing stumm von der Decke. Still wie der Tod, dachte Lorianne und ertrug weder den Gedanken noch die Stille. Sie war das Gegenteil von dem, was sie hierhergezogen hatte. Lebensfreude. Aufbruch. Sie stellte sich nach draußen auf das Trottoir, reckte ihr Gesicht der Sonne entgegen, gelb wie eine Honigmelone. Sie schloss die Augen, sie bat um Kundschaft, leise, heimlich, wie früher, als schüchternes Mädchen, wenn sie um die Anerkennung eines Jungen flehte, ein Wunsch, ausgesprochen in die Luft, an den Himmel, die Erde, sie wusste es nicht, aber die Lippen formten Worte, die zu hören nur ihr möglich waren, in ihrem Kopf. Sie öffnete die Augen. Sie beobachtete das geschäftige Treiben. Sie lächelte die Menschen an, hätte sie am liebsten hereingewunken in ihre Buchhandlung. Manche grüßten, andere gingen an ihr vorbei, ohne sie eines Blickes zu würdigen. Sie stellte einen Tisch hinaus mit den Büchern, die ihr lieb waren. Sie kümmerte sich um sie, als seien sie kleine Wesen, die ihrer Zuneigung bedurften. Sie blieb allein. Eine Stunde. Zwei. Drei. Vier. Fünf. Erst am frühen Nachmittag kam ein junges Mädchen, eine Schülerin, die ihrem Vater eine Freude zum Geburtstag bereiten wollte. Es bestellte bei Lorianne ein siebenhundert Seiten starkes Kochbuch – Ferrandi. Das Mädchen sah sich kurz um, schüchtern, und verließ den Laden als erste Kundin. Die wenigen, die danach kamen, fragten nach Stiften, Postkarten, Notizbüchern und kleinen Mitbringseln für ihre Kinder oder Enkelkinder. Lorianne verwies auf die Auslage mit den Bilderbüchern. Sie wurden aufgeschlagen, durchgeblättert und wieder hingelegt. Den meisten gefiel, was sie sahen, sie lachten auf, zeigten auf das eine oder andere Bild und auf den einen oder anderen Spruch, aber sie nahmen nichts mit.

Wie im Museum, dachte Lorianne. Gucken, staunen, gehen. Doch der Gedanke hatte nichts Erhabenes an sich, er ernüchterte sie.

Kurz vor Ladenschluss tauchte Maribel auf. Sie sah Lorianne an, sagte nichts, sondern nahm sie gleich in den Arm. Eine vorsichtige Bewegung nach vorne, eine sanfte Berührung an der Hüfte.

Lorianne kam es vor, als wüsste Maribel genau, wie es ihr erging, als bedürfte es keiner Worte, um sich zu erklären.

»Nur nicht aufgeben, bevor Sie überhaupt begonnen haben«, sagte die alte Frau und begab sich zu ihrem samtgrünen Sessel.

Lorianne sah ihr nach. »Nicht so einfach«, antwortete sie in ihren Rücken.

Die alte Frau blieb stehen, drehte sich langsam zu ihr um. »Haben Sie ernsthaft geglaubt, es wird einfach? Gibt es einen Grund, sich zu beklagen? Haben Sie schon etwas unternommen, damit es anders wird als jetzt?« Nun klang sie verärgert, aber auch besorgt. Lorianne wollte sie beschwichtigen, suchte nach einer Antwort, doch da fuhr Maribel schon fort: »Was denken Sie? Dass mein Laden damals gleich gut lief, als ich ihn eröffnete? Nein. Aber sich unterkriegen zu lassen war keine Option für mich. Das lernt man im Krieg und wenn man das Wichtigste verloren hat. Sie müssen Ihrem Glück schon eine Chance geben und nicht erwarten, dass es andere für Sie tun. Das verstehen Sie doch?«

»Ja.« Lorianne nickte.

»Lassen Sie sich was einfallen. Sie wollen das doch hier. Also worauf warten Sie?« Die alte Frau setzte sich wieder in Bewegung, nahm in ihrem Sessel Platz. Dann griff sie nach ihrem Stickzeug, das im Korb neben ihr lag, beugte sich weit über den Stoff und zog den rot glänzenden Faden durch.

»Wissen Sie«, sagte sie, während sie mit ruhiger Hand ihrer Arbeit nachging, »wenn man die Nadel immer wieder ansetzt, dann entsteht am Ende ein Bild. Zu Beginn sticht man sich vielleicht dabei, und der Stoff färbt sich rot von Blut, man muss ihn auswaschen, um weitermachen zu können. Dann passt man besser auf, und trotzdem sitzt nicht jeder Stich, oft muss man wieder einen Schritt zurückgehen und von vorne beginnen. Doch irgendwann läuft der Faden wie von ganz allein.«

»Ich könnte mich gegen das Leid entscheiden, das meine Liebe mir zufügt. Ich könnte.«

Lorianne nahm Maribels Ratschlag ernst. Noch am Abend setzte sie sich an den kleinen Küchentisch, öffnete eine Flasche Wein, nahm einen Stift zur Hand und überlegte, was zu tun war. Sie hatte viel Werbung für ihre Eröffnung gemacht – und es hatte kaum etwas gebracht. Nur wenige waren gekommen, meistens Touristen, die sich vor allem für das Essen und die kostenlosen Getränke interessiert hatten. Sie könnte Laufkundschaft haben, ihr Buchladen lag zentral und geschickt gegenüber einer Bäckerei und einigen Cafés, doch bislang war kaum jemand vor dem Schaufenster stehen geblieben, geschweige denn über die Schwelle ihres Ladens getreten. Sie musste sich also etwas einfallen lassen, etwas, das sich herumsprechen würde. Sie erinnerte sich an einen Abend mit Gaspard in Straßburg. Sie waren nach einem ausgiebigen Abendessen nahe der Kathedrale durch die Gassen geschlendert und schließlich vor einer gut besuchten Kneipe stehen geblieben. Sie hatten nicht vor, noch etwas zu trinken, dennoch weckte die Kneipe ihr Interesse. Es lag an den vielen jungen Menschen, die dicht an dicht standen, aber nicht miteinander redeten. Alle lauschten einer sonoren Stimme, die zu einem Mann zu gehören schien, den Lorianne und Gaspard wegen der vielen Leute nicht sehen, aber hören konnten. Gaspard ging zu einer jungen Frau, die im Türrahmen der Kneipe lehnte, und fragte leise, was hier geboten sei. Sie antwortete, dass jeden Freitagabend die Bühne der Kreativen eröffnet werde. Jeder, der Lust habe, etwas vorzuführen, könne das dann tun, ganz gleich ob es sich dabei um einen Song, ein Theaterstück, ein Gedicht oder eine Clownsaufführung handele, da gäbe es keine Vorgaben. »Eine Wundertüte«, fügte die junge Frau noch hinzu, bevor sie sich wieder der sonoren Stimme zuwandte. Lange war Lorianne mit Gaspard dort stehen geblieben und hatte die Atmosphäre und die Geschichte genossen, die von einem ausgestoßenen Hund gehandelt hatte, der sich seinen Platz in der Gesellschaft zurückerkämpfte, so viel wusste Lorianne noch.

»Es wäre einen Versuch wert«, sagte Lorianne laut zu sich selbst. »Ich rufe einen Literaturabend ins Leben, eine Soiree, an der Autorinnen und Autoren und solche, die es sein oder werden wollen, ihre Texte präsentieren dürfen!«

Ein Monat verging, in dem Lorianne die umliegenden Bibliotheken und Kulturzentren ansprach und sich erkundigte, welche Schriftstellerinnen und Schriftsteller der Stadt und der Gegend Lust haben könnten, ihre Projekte vorzustellen. Gedichte, lyrische Essays, poetische Tagebücher, Aperçus, Kurzgeschichten, Legenden und Profanes – ganz gleich, solange eine ernsthafte Liebe zu den Texten gegeben sei, erklärte sie allen, die sich dafür interessierten. Kaum hatte sich ein Dutzend Kandidaten bei ihr gemeldet, das sich darauf freute, ihre Arbeiten der Öffentlichkeit vorzustellen, ließ Lorianne Plakate drucken, die sie in der ganzen Stadt aufhängte. Darauf lud sie zu einer Soirée poétique ein und kündigte Maribel als ihren ersten Gast an.

Es hatte eine Weile gedauert, bis sie Maribel davon überzeugt hatte, mitzumachen. Die alte Frau hatte sich erst geziert und Loriannes Anfrage mit einer beschwichtigenden Handbewegung abgetan – »Wer sollte sich das schon anhören wollen?« –, doch dann, nachdem Lorianne nicht nachgelassen und betont hatte, dass sie sie doch dazu animiert habe, sich etwas einfallen zu lassen, damit ihre Buchhandlung anlaufe, stimmte die alte Frau zu.

»Das mache ich nur für Sie, Liebes!«

»Wer bin ich für ihn? Wer bin ich neben ihm? Wer bin ich für mich? Ich weiß es nicht. Zu sehr bin ich ich für ihn.«

Maribel saß in ihrem samtgrünen Sessel, ein Strahler, den Lorianne sich von einem Fotografen ausgeliehen hatte, bei dem sie eines der Plakate hatte aufhängen dürfen, war auf sie gerichtet. Es sah schön aus, wie sie dort thronte, wie in Szene gesetzt: Der samtgrüne Sessel, das bordeauxrote Kleid, das weiße, kunstvoll geflochtene Haar, die Perlenkette, die sich Maribel extra für diesen Anlass angelegt hatte, das Notizbuch, das locker in ihrer Hand lag, davor der goldfarbene Ständer mit dem Mikrofon, das Lorianne für die geplanten Soirees gekauft hatte – Maribel wirkte wie ein lebendes Gemälde.

Immer wieder strich sie über die Seiten des kleinen Büchleins, als würde sie es streicheln, und sah dabei in die Runde der Neugierigen. Sie beäugte jeden einzelnen Besucher, bis es ganz still war im Raum und die volle Aufmerksamkeit auf ihr lag. Dann setzte sie zu lesen an, hielt aber sofort inne, klappte das Büchlein wieder zu. Lorianne glaubte schon, sie würde aufgeben, die Soiree gar platzen lassen. Immerhin hatte sie die alte Frau dazu gedrängt, sich öffentlich zu präsentieren, obwohl sie es nicht gewollt hatte. Doch Lorianne täuschte sich. Maribel las zwar nicht aus ihrem Buch. Aber sie begann zu erzählen.

»Dieser Laden hier war ein Geschenk des Mannes, den ich liebte. Sein Name war Alain. Wir begegneten uns in einem Café. Er saß unter einer Platane, ich hatte mir einen Tisch in der Sonne ausgesucht. Ich weiß es noch genau, weil ich mich wunderte, dass ich fror, obwohl die Sonne an jenem Tag alles gab, damit ich dem Schatten den Vorzug gab. Ich bestellte mir einen Tee, während alle anderen um mich herum kühle Getränke zu sich nahmen. Meine Mutter hatte mir das Geld gegeben und mich gebeten, dort auf sie zu warten, bis sie mich holen käme, sie wollte mit mir wegfahren, wohin, ich weiß es nicht mehr. Ich war siebzehn und hatte den Kopf voll unnützer Gedanken. Irgendwann bemerkte ich den Blick des Mannes unter der Platane und schaute auf. Normalerweise hielt ich die Augen gesenkt. Zu viele Männer besahen mich in letzter Zeit, als sei ich eine Stute, mit der man viel Geld verdienen könne, wenn der richtige Hengst sie nur decke. Manche klopften mir auf den Hintern, um zu sehen, ob ich davonlief. Andere strichen mir übers Haar, sagten, was für eine hübsche Mähne ich doch habe. Ich mochte es nicht, von Fremden angefasst und von Blicken ausgezogen zu werden. Ich war noch fast ein Kind, aber in dem Körper einer Frau. Und ich spürte, es waren keine Komplimente für mich, sondern für die, die mich begutachteten.

Bei Alain jedoch war es anders. Sein Blick war wertschätzend. Er lächelte mir zu, nur ganz kurz, dann konzentrierte er sich wieder auf das Buch, das er in den Händen hielt und in das er Notizen schrieb. Meine Mutter kam, zahlte, sie hatte es eilig, fortzukommen. Als wir gingen, drehte ich mich zu dem Mann unter der Platane um. Er hob die Hand zum Gruß. Auch ich hob die Hand, ohne dass meine Mutter es merkte. Ich winkte hinter ihrem Rücken. Ich glaubte, der Gruß des Mannes unter der Platane gelte mir. Doch ich irrte. Eine Frau schob sich an mir vorbei, schön und groß, ging auf ihn zu, gab ihm einen Kuss. Da verstand ich und schämte mich, wie ich, ein Mädchen nur, hatte glauben können, dass dieser Mann, so alt, er hätte mein Vater hätte sein können, ein ehrliches Interesse an mir habe.

Eine Woche später sah ich ihn wieder. Wir begegneten uns auf der Straße. Ich senkte den Kopf, wollte an ihm vorbeigehen, ohne dass er mich bemerkte. Doch er blieb stehen, sprach mich an. Mademoiselle, sagte er, darf ich Sie begleiten? Ich bekam kein Wort heraus, also nickte ich nur.

Die treibende Kraft war ich. Ich wollte diesen Mann so sehr wie nichts anderes in meinem Leben. Alain hörte mir zu. Alain gab mir das Gefühl, jemand zu sein. Alain war schön. Alain war der Mann, mit dem ich meine Unschuld verlieren wollte. Und es gefiel mir, mit dem Feuer zu spielen. Ich war nicht der Engel, den alle in mir sahen. Ich war der Teufel, der diesen Mann für sich gewinnen wollte, komme, was wolle. Am Anfang ging es gut. Ich war zufrieden, dass er bei mir war, wenn er bei mir war. Doch ich wurde älter, reifer, ich wünschte, der Mann, mit dem ich mich nicht auf der Straße zeigen durfte, würde zu mir stehen – für immer, auch öffentlich. Was nicht geschah. Sein Tod kam dazwischen.

Er musste ihn geahnt haben, als er den Laden hier kaufte. Ich wusste nicht, dass Alain vorhatte, ihn mir zu schenken. Ich wusste nicht einmal, dass er in seinem Besitz war. Als er starb, nahm er dieses Geheimnis, wie so viele andere Rätsel um seine Person, mit in den Himmel. Jeden Tag goss ich die Blumen auf seinem Grab mit meinen Tränen, die nicht versiegen wollten. Und jede Sekunde, die ohne ihn verging, schien mich stückweise auszulöschen. Doch dann lernte ich seine Frau kennen. Auch sie trauerte, vor allem weil ihre drei Kinder viel zu jung ihren geliebten

Vater verloren hatten. Alains Frau war mir stets ein Messer in meiner Brust gewesen. Sie war der Grund, weshalb Alain sich nicht zu mir bekannt hatte. Er hielt zu der Mutter seiner Kinder. Es war ihm nicht zu verdenken. Das sage ich jetzt, das sagte ich nicht damals.

Nach seinem Tod saß ich auf einer Bank am Wegesrand. Ich starrte auf die Kiesel vor mir, beobachtete ein paar Ameisen, die sich abmühten, ein Stückchen Brot davonzutragen, ein Vielfaches größer als sie selbst. Da hörte ich meinen Namen. Ich sah auf, fühlte mich gestört in meiner Beobachtung. Ich erkannte sie sofort. Sie stellte sich mir als Rose vor, bat mich, sich neben mich setzen zu dürfen. Ich war wie gelähmt, streckte die Hand aus, wies neben mich. Rose roch gut. Nach Basilikum und Minze – ein Geruch, den ich auch an Alain oft wahrgenommen hatte, nur schwächer. Sie sagte eine Weile nichts, dann wandte sie sich mir zu, sah mich an. Ich versuchte, ihr nicht in die Augen zu sehen, doch es gelang mir nicht. Sie waren wie Magnete, die mein Kinn anhoben und meinen Blick auf sich zogen. Sie sagte: ›Wir trauern beide. Das vereint uns.‹ Ich brachte kein Wort heraus. ›Alain hat mir etwas hinterlassen, das Ihnen gehört‹, fuhr sie fort. Sie überreichte mir einen Brief. Mein Name stand darauf. Ich nahm ihn ihr zitternd ab. ›Und da gibt es noch etwas anderes. Ich müsste es Ihnen nicht sagen. Niemand würde davon erfahren. Doch es war Alains Wunsch und Wille, und diesen möchte ich ihm nicht verwehren. Es käme mir falsch vor.‹ Sie übergab mir ein Dokument, von offizieller Stelle, das sah ich sofort. Dann stand sie auf, verabschiedete sich. Sie sagte: ›Leben Sie wohl‹, aber die Art, wie sie es sagte, klang friedlich und zugetan, als sei ich jemand, den es zu beschützen galt.

Später sah ich Rose nur noch ein paarmal von Weitem. Doch sie machte nie wieder Anstalten, mit mir ins Gespräch zu kommen. Sie nickte, wenn wir uns begegneten, so unmerklich, dass ich oft glaubte, ich hätte es mir nur eingebildet.

Aus dem ersten Brief erfuhr ich, dass Alain seiner Frau von mir erzählt hatte und sie verlassen wollte, um mit mir zu sein – für immer. Wie viele Tränen kann ein Mensch weinen, bevor er austrocknet? Das fragte ich mich, während um mich herum der Boden ins Wanken geriet. Viel später erst öffnete ich das Dokument, das Rose mir zuletzt überreicht hatte. Es handelte sich um die Abschrift eines Kaufvertrags. Alain hatte dieses Ladengeschäft, in dem Sie heute stehen, für mich gekauft. Und dieser Sessel hier«, sie klopfte auf die Lehnen, »befand sich damals schon darin. Ich war überrascht darüber, warum er das getan hatte. Wieso mir? Und wie kam Alain darauf, ich könnte etwas mit einem Ladengeschäft anfangen? Doch was auch immer er sich dabei gedacht hatte, es war dieser Ort, der mir eine neue Perspektive gab. Ich begann, mir etwas aufzubauen – gegen alle Widerstände als junge, mittellose Frau kurz nach dem Krieg. Es geschah langsam, und glauben Sie mir, damals gab es viele Gründe, als Frau zu verzweifeln. Doch ich schaffte es. Ich machte mir einen Namen. Nicht wegen der Garne, die ich verkaufte, oder wegen der zu bestickenden Deckchen. Das war es nicht. Sondern weil ich meinen Laden zu einem Ort machte, an dem sich Frauen austauschen konnten, an dem manche gar Zuflucht suchten – es hatte sich schnell herumgesprochen, dass hier niemand weggeschickt wurde, dass es immer ein offenes Ohr gab für alle Nöte und Ängste, manchmal sogar einen Schlafplatz und etwas zu essen. Das war damals etwas Neuartiges. Viele Jahre später stand an einem besonders nebligen Tag im Winter eine junge Frau vor mir. Sie sagte nichts, sie brauchte auch nichts zu sagen, ich sah ihre Verzweiflung und ihren Kummer, sie waren ihr ins Gesicht geschrieben – ein Gesicht, das mir bekannt vorkam. Die schmale Stirn mit dem Haarspitz, die kleinen, aber leuchtenden Augen, die Grübchen neben dem Mund, das volle, schwarze Haar, der melancholisch-neugierige Blick, eine Mischung, die ich bis dahin nur ein einziges Mal in meinem Leben gesehen hatte – bei Alain. Und da traf mich die Erinnerung wie ein Blitz. Ich sah den Marktplatz vor mir, ich sah mich wie von weit oben, mich dem Mann annähernd, mit dem ich die Nacht zuvor noch das Bett geteilt hatte, mein Herz aus Blei. Er stand bei seiner Frau, Schulter an Schulter, umringt von drei kleinen Kindern. Eines von ihnen rannte weg, als ich zu ihnen ging. Es drehte sich im Lauf um, zeigte mir sein Lächeln, das ich so gut kannte von seinem Vater, wenn er ausgelassen war. Mir war sofort klar, dass diese junge Frau, die nun vor mir stand und sich als Thérèse vorstellte, genau dieses Kind war, Alains Tochter, inzwischen erwachsen geworden, schwanger und allein – und unendlich traurig. Sie blieb bei mir, ich nahm sie auf wie eine Tochter. Rose gab es nicht mehr, auch ihre beiden Geschwister nicht. Das Schicksal hatte die Familie nicht losgelassen, alle bis auf Thérèse waren bei einem Autounfall ums Leben gekommen.«

Ein Raunen ging durch die Menschenmenge. Lorianne sah, wie Amaury sich plötzlich einen Weg durch die Menge bahnte und den Laden verließ. Die Glocke schellte, als sich die Tür öffnete. Sie schellte ein weiteres Mal, als sie sich wieder schloss. Lorianne wollte ihm hinterhergehen, irgendetwas stimmte nicht, das spürte sie, doch da fuhr Maribel fort, und Lorianne entschied, zu bleiben und das Ende der Geschichte anzuhören.

»Thérèse gebar einen Sohn. Amaury. Er war ihr Ein und Alles. Sie lebten bei mir. Wir waren wie eine richtige kleine Familie. Und obwohl ich nicht an den Herrgott glaube – wie könnte ich das nach all dem, was ich im Krieg erlebt habe? –, sah ich oft am Abend in den Himmel und redete mit Alain. Ich flüsterte ihm zu, dass ich so gut es geht auf seine Familie aufpassen würde. Ich gab ihm mein Versprechen. Aber ich konnte es nicht halten. Thérèse verließ mich und ihren Sohn an einem ebenso nebligen Wintertag wie dem, an dem sie vor mir gestanden hatte, um meine Hilfe zu erbitten. Der Krebs hatte gesiegt.

Amaury zog ich weiter groß. Er ist das Wichtigste in meinem Leben. Er ist das Kind, das Alain und ich nie hatten. Als er mir Lorianne vorstellte« – Maribel wies mit einer langsamen Bewegung auf Lorianne –, »wusste ich, dass die Zeit endgültig gekommen war, mein Geschäft abzugeben. Aber nicht an irgendwen, sondern an die Frau, in die sich Amaury verliebt hatte. Und an eine Frau, die diesen Ort voller Geschichte zu einer Heimat für Geschichten machen möchte. Und an die Frau, die mich an mich selbst erinnert, als ich noch jung war. Manchmal gibt es Verbindungen, die sind nicht eindeutig, auch nicht identisch, aber sie sind da, greifbar wie ein lauer Windstoß, der einem durchs Haar fährt. Nicht nur mein Traum ist wahr geworden, als ich Lorianne den Laden überließ. Auch Loriannes Traum. *Un livre est comme l'amour sans fin* wird seinem Namen alle Ehre erweisen, da bin ich mir sicher. Darauf sollten wir anstoßen!«

Stille. Dann klatschten alle. Einige riefen Bravo. Eine junge Frau mit einer kürbisfarbenen Bluse und einer Ukulele in der Hand ging auf Maribel zu, verneigte sich vor ihr, beugte sich dann vor und sagte schüchtern ins Mikrofon, sie würde den Abend gerne musikalisch begleiten, wenn sie dürfe. Wieder wurde geklatscht. Die Stimmung war heiter, auch wenn hinter der Kulisse des Lachens und Miteinander-Anstoßens eine Nachdenklichkeit zu spüren war, die dem geselligen Ereignis Tiefe verlieh. Die junge Frau hob die Ukulele an und begann zu singen – eine tiefe, warme, die Seele streichelnde Stimme.

»Dein Name, gemeißelt in mein Herz, das nicht Stein ist, sondern zu Blut geronnene Liebe.«

Lorianne fiel aus allen Wolken. Wieso hatte Amaury ihr das verschwiegen? Wieso hatte sie es nicht gemerkt? Sie hatte sich nie die Frage gestellt, woher sich Maribel und Amaury kannten. Zwar war ihr die Vertrautheit nicht entgangen, die zwischen ihnen herrschte, doch es hatte keinen Grund gegeben, tiefer zu graben, um herauszufinden, in welcher Beziehung sie zueinander standen.

Amaury lehnte draußen an der Wand, als Lorianne die Soirée poétique für einen Moment verließ, die exotisch anmutenden Laute der Ukulele im Ohr. Er rauchte. Die Zigarette hielt er zwischen Daumen und Zeigefinger.

»Du rauchst?«, fragte Lorianne erstaunt und lehnte sich neben ihn an die Wand.

»Nein.« Er schnippte die Kippe weg. Sie lag auf dem Asphalt, glomm noch eine Weile vor sich hin, bevor sie ausging. Lorianne beobachtete die Szene, auch Amaury schien sich auf sie zu konzentrieren, als würde der Rauch der Zigarette Antworten auf jene Fragen in die Luft schreiben, die unausgesprochen zwischen ihnen standen.

»Ich wusste gar nicht …«, setzte Lorianne an.

»… dass ich rauche oder dass Maribel mir die Mutter ersetzte, nachdem sie gestorben war?«

»Beides.«

»Ich rauche nicht. Nur manchmal«, sagte er knapp. Es war nicht zu überhören, dass er verärgert war.

»Warum bist du sauer auf mich?«

»Es ist auch meine Geschichte. Maribel hätte mich

vorher fragen können, bevor sie sie an die Öffentlichkeit zerrt. *Du* hättest mich vorher fragen können. Ich freue mich wirklich, dass du einen Weg gefunden hast, auf deine Buchhandlung aufmerksam zu machen. Ich bewundere deine Energie und deine Ideen, für das zu kämpfen, was dir wichtig ist. Aber deswegen muss ich nicht ungefragt Teil dieses Projekts sein. Ich fühle mich ausgenutzt.«

»Ich wusste nichts davon.«

Ein lauer Wind wehte, der Duft von Zedern lag in der Luft. Die Ukulele verstummte. Klatschen war zu hören. Das Gemurmel von Unterhaltungen.

»Hast du sie etwa nicht gebeten, aus ihrem geheimen Notizbuch vorzulesen?«

»Doch, schon. Nur stand nichts von dem drin, was Maribel heute offenbart hat. In ihrem Büchlein finden sich Gedanken, Stimmungen, in Worte gefasste Gefühle. Es sind überwiegend Fragmente ihres Seelenlebens. Ja, so würde ich es beschreiben. Dass sich Maribel dann entscheiden würde, von sich zu erzählen, davon hatte ich keine Ahnung.«

Amaury nickte. »Trotzdem.«

»Trotzdem was?«

»Ich weiß auch nicht.«

»Ihre Geschichte, also auch deine, hat alle berührt.«

»Was ändert das?«

»Reden wir gerade noch über Maribels Auftritt oder davon, dass ich nicht zugestimmt habe, mit dir in das kleine Häuschen nahe Saumane-de-Vaucluse zu ziehen? Irgendwie werde ich das Gefühl nicht los, dass es dir eigentlich um Letzteres geht.«

»Du hast recht. Es geht um etwas anderes.«

Wieder setzte die Ukulele ein. Rhythmisches Zupfen, weiche Stimme.

»Ich bin enttäuscht«, fuhr Amaury fort. »Traurig. Verletzt. Ich verstehe das alles nicht. Ich dachte, das zwischen uns ist einmalig. Ich dachte, wir fühlen gleich. Ich dachte, wir würden auch das Gleiche wollen. Ich sehe, wie du mich ansiehst. Ich spüre, wie du Wachs in meinen Händen wirst. Ich merke, wie du die Gedanken, die ich habe, weiterdenkst, ergänzt, wie wir uns ergänzen. Und dennoch …«

»… bin ich nicht bereit, so weit zu gehen wie du. Es geht mir zu schnell, Amaury, verstehst du?«

»Ja und nein. Worauf wartest du?«

»Darauf, mir sicher zu sein.«

»Sicher für was? Dass du mich liebst? Dass du mich genug liebst?«

»Ich möchte niemandem wehtun …«

»… und tust es doch.« Amaury drückte sich von der Wand weg, stellte sich vor Lorianne hin, trat dann so nah an sie heran, dass seine Lippen fast die ihren berührten. Dann drehte er sich um und ging davon.

»Ich übe mich. Ich belehre mich. Ich sage mir, ich sollte nicht bedauern, was ich nicht habe, sondern genießen, was ich habe. Es gelingt mir nicht. Ich bin eine Frau. Ich bin das Meer. Ich bin das Leben, das eine.«

Eine Woche nach der Soirée poétique geschah etwas Seltsames. Lorianne bekam eine Nachricht per E-Mail von einem Mann, der eine Menge Bücher auf einmal bestellte und darum bat, man möge sie ihm zuschicken. Lorianne konnte es nicht glauben, so viel hatte sie in den vergangenen drei Wochen nicht verkauft. Sie war sich zunächst sicher, dass der Kunde sich bei der Zahl vertippt hatte. Doch dann sah sie die Liste der Titel, die der Mann in einem Extradokument mitgeschickt hatte, und wusste, dass es kein Irrtum war. Etwa die Hälfte der gewünschten Bücher standen in der Auslage. Er hat definitiv einen guten Geschmack, dachte Lorianne, als sie sie einsammelte und in eine Kiste legte. Die andere Hälfte handelte von Landschaftsarchitektur und Bewässerungssystemen im Gartenbau. Von ihnen hatte Lorianne nichts vorrätig. Dieses Interesse war doch recht speziell, und sie musste sie ihrerseits bestellen.

Maribel legte kurz ihr Stickzeug beiseite, als Lorianne ihr davon berichtete. »Das ist Ihr erster richtiger Stammkunde«, sagte sie. »Der wird Ihnen bleiben, das habe ich im Gespür.«

Wiederum eine Woche später erreichte Lorianne erneut eine Nachricht von dem Mann. Diesmal fiel die Bestellung geringer aus, aber mit zehn Büchern war sie immer noch so gut, dass sich ein Lächeln über Loriannes Gesicht ausbreitete. »Geht doch«, sagte sie zu sich selbst, »es hat sich gelohnt, nicht aufzugeben.« Als Lorianne das angehängte Dokument öffnete, weil sie glaubte, der Mann habe ihr wie beim letzten Mal die genauen Titel fein säuberlich aufgelistet, sah sie, dass es sich bei dem Dokument um einen Brief handelte. Er war an sie gerichtet.

Sehr geehrte Lorianne,

ich darf Sie doch beim Vornamen nennen?

Ich möchte mich bei Ihnen dafür bedanken, dass Sie mir all die Bücher, die ich bei Ihnen bestellt habe, per Post haben zukommen lassen. Mir ist der Mehraufwand durchaus bewusst, ich weiß Ihr Entgegenkommen sehr zu schätzen. Sicherlich haben Sie sich gefragt, weshalb ich nicht einfach vorbeikomme, um die Bücher abzuholen. Sie müssen wissen, ich lebe momentan sehr abgeschieden. Ich habe mich zurückgezogen, um mich auf das Wesentliche zu konzentrieren, ohne sagen zu können, was das Wesentliche eigentlich ist. Aber ich hoffe, ich werde es herausfinden. Ich meide die Menschen zurzeit wie die Nachbarskatze mich. Ich habe keine Vorstellung davon, was ich diesem schwarz-weißen Wesen mit den großen, gelben Augen, zum Verlieben schön, angetan haben könnte, dass sie mir aus dem Weg geht. Sobald mich die Katze erblickt, läuft sie davon. Aber sie ist sehr neugierig. Jedes Mal wenn ich draußen an meinem Lieblingsplatz sitze und ein Buch aufschlage, taucht sie auf und späht mit ausreichend Abstand zu mir herüber. Aus diesem Grund (aber auch, weil ich eine neue Leidenschaft entwickelt habe: Landschaftsarchitektur!) brauche ich bald mehr Bücher. Ich habe mir vorgenommen, das

Herz dieser Katze zu erreichen, koste es, was es wolle. Ich stelle mir vor, dass sie auf meinen Schoß springt, wenn ich nach ihr rufe, dass sie es sich bei mir bequem macht, während ich lese, mich weiterbilde und über Gott und die Welt nachdenke. Vielleicht, ja, vielleicht ist das Zutrauen der Katze, das ich zu gewinnen wünsche, genau das Wesentliche, das ich gerade suche.

Dürfte ich Sie um einen weiteren Gefallen bitten? Könnten Sie mir bei jeder Sendung eine kleine Notiz dazulegen, welche Lektüre Sie mir als nächste empfehlen? Ich vertraue sehr auf Ihren Geschmack. Im Gegenzug verspreche ich, dann jede Ihrer Empfehlungen bei Ihnen zu bestellen (also empfehlen Sie ruhig fleißig!). So haben wir beide etwas davon.

Mit freundlichen Grüßen,
Ihr Grégoire

Der Kunde hieß mit vollem Namen Grégoire Marceaux und kam von außerhalb. Lorianne war so neugierig, dass sie seine Straße bei Google Maps eingab. Er lebte in der Tat abgeschieden inmitten von Olivenbäumen in einem für diese Gegend typischen Steinhäuschen. Mithilfe der Satellitenbilder klickte sich Lorianne bis zur Einfahrt und sah das Haus in der Sonne stehen. Zypressen wechselten sich mit rosafarbenem Oleander ab. Buschiger Lavendel säumte das Mäuerchen zum kleinen Innenhof. Lorianne glaubte fast, die Blüten durch den Bildschirm riechen zu können, so kräftig strahlte ihr violettes Blau.

Eine herrliche Gegend, dachte Lorianne, während

sie virtuell rund ums Haus wanderte, um mehr von diesem Idyll zu sehen. Sie mochte die türkisfarbenen Fensterläden, die sich angenehm frisch von dem Steingrau der Hauswand abhoben. Sie entdeckte eine kleine Holzbank, vor der ein geschnörkelter weißer Tisch stand. Sie stellte sich vor, wie es sein musste, dort bei einem Glas Wein zu sitzen und in den Sternenhimmel zu blicken, während die Zikaden in den Hügeln musizierten, als gäbe es kein Morgen.

Das, was Lorianne auf dem Bildschirm betrachtete und sie ins Schwärmen brachte, entsprach ziemlich genau dem Traumort Amaurys bei Saumane-de-Vaucluse, an dem er mit ihr leben wollte. Ruhig, verwunschen, eingehüllt in eine geheimnisvoll knisternde Atmosphäre, wie Lorianne sie bei Filmen von Jacques Deray oder François Ozon empfand.

»Wenn ich mir aussuchen könnte, das Glück in die Länge zu ziehen, dann nur mit dir und am liebsten in den grünen Hügeln des Vaucluse«, hatte Amaury gesagt und auf die Fotos getippt, die er Lorianne vorgelegt hatte, »wo man dem Himmel und der Erde gleichermaßen verbunden ist.«

Das Glück in die Länge ziehen – Lorianne erwischte sich bei dem Gedanken, wie gerne sie Gaspard von der kuriosen Nachricht dieses Mannes berichten würde. Mehrmals nahm sie das Handy zur Hand und war kurz davor, seine Nummer zu wählen. »Ruf mich nicht mehr an«, hörte sie ihn sagen, ernst und unmissverständlich. »Ich kann nicht mehr. Nicht so.«

Lorianne streichelte über das Display, berührte Gaspards Gesicht, das sie glücklich anlächelte. Sie nahm die Wehmut in sich wahr und verabscheute sie im gleichen Moment. Aber noch mehr verabscheute sie ihren feigen Wunsch, sich ihrem Mann immer dann nah fühlen zu wollen, wenn sie glaubte, Amaury könnte sie nicht so gut verstehen wie er.

Sie legte das Handy weg, klickte auf Antworten und schrieb Grégoire Marceaux zurück.

Sehr geehrter Grégoire,

was gibt es Schöneres für eine Buchhändlerin wie mich, als Leseempfehlungen für einen Kunden zu schreiben, der verspricht, jede dieser Empfehlungen auch zu lesen, um das Herz einer störrischen Katze zu erweichen? Es ist mir eine große Freude, Ihnen diesen Wunsch zu erfüllen. Vielleicht könnten Sie das Kätzchen mit einem leckeren Braten locken? Oder einem gut zubereiteten Fisch? Vielleicht liegt das Wesentliche oft näher, als man glaubt, und das tiefe Graben führt weg von dem, was direkt vor einem liegt. Ich denke da an die Gastrosophin MFK Fisher, eine junge Amerikanerin, die Anfang der 1930er-Jahre mit ihrem Mann nach Dijon ging und dort anfing, ihre kulinarische Leidenschaft in feinsinnige Worte zu fassen. Ich erinnere mich noch an einen Satz von ihr, den ich einmal im Radio hörte. Sinngemäß lautete er so: »Wenn ich über Hunger schreibe, dann schreibe ich in Wirklichkeit über die Liebe und den Hunger nach Liebe und über Wärme und den Hunger nach Wärme.« An diese Aussage muss ich immer dann denken, wenn ich über Situationen oder Dinge sinniere, deren Aufkommen oder Vorhandensein ich nicht verstehe. In jedem Fall war sie eine beeindruckende Frau mit einem beeindruckenden Gespür für das Feinsinnige – und wer weiß, vielleicht treffe ich mit dieser Gaumenprosa Ihren Geschmack. Ich lege Ihnen einen von MFK Fishers Klassikern bei. Verstehen Sie die Beigabe – oder sollte ich lieber schreiben: Beilage? – als Geschenk und zuversichtlichen Gruß.

Mit freundlichen Grüßen
Lorianne

Von da an schrieben sich Lorianne und Grégoire. Nicht jeden Tag, aber doch kontinuierlich. Lorianne konnte es kaum erwarten, ihren E-Mail-Account zu öffnen, um nachzusehen, ob sie Post erhalten hatte. Oft war der Gang zum Computer das Erste, was sie tat, sobald sie den Laden aufgesperrt hatte.

Grégoire schickte ihr charmante Nachrichten, die immer ein Sujet hatten: die schwarz-weiße Katze. Manchmal waren es auch nur kryptische Sätze, auf die Lorianne nichts zu antworten wusste. Dann beließ sie es dabei, ihrem Stammkunden eine Leseempfehlung zu senden, die er prompt bestellte. Lorianne liebte dieses kuriose Spiel mit dem fremden Mann. Es war, als hätte sich eine neue Tür geöffnet, eine, die sie auf einen anderen Pfad lockte, den sie weniger existenziell empfand als den, den sie eingeschlagen hatte, um dort zu sein, wo sie ihren Traum verwirklichen konnte.

»Er kam mit einem Sack voll kleiner Kartoffeln. Er schenkte sich Wein ein. Er sagte nichts. Er trank, während er die Schalen abzog. Leuchtend gelb und saftig die fleischige Frucht. Er hielt mir ein paar Zweige Rosmarin unter die Nase, lachte. Ich glaubte, eine Ahnung zu haben. Es war nur ein Gedanke, ein kurzer, dunkler Moment, den ich verscheuchte, als er die Kartoffeln halbierte und sie auf das Blech legte. Hellgrün glänzte das Olivenöl. Grob war das Salz. Spitz die Blätter der Kräuter. Er trat an mich heran, er packte mich am Hintern, hob mich hoch, drehte sich mit mir im Kreis, sagte, er habe eine Entscheidung getroffen, die ihn zerreiße, doch er wäre eben ein Zerrissener, nichts würde das ändern. Er wollte mit mir sein. Der Duft aus dem Ofen. Das Licht an der Decke. Die Wärme und die Kraft seiner Hände. Glück könnte schmerzlicher nicht sein.«

Am 26. Juli stand Anaïs plötzlich vor der Tür von Loriannes Buchhandlung. Es war Loriannes dreiundvierzigster Geburtstag.

Sie umarmten sich und küssten sich. Sie sahen sich Händchen haltend an, als ob sie sich seit Jahren nicht gesehen hätten. Anaïs sah gut aus, weniger gestresst als sonst. Die Haare frisch gefärbt. In einem kräftigen Schokoladenbraun standen ihre Locken vom Kopf ab.

»Was machst du hier?«

»Meiner besten, abtrünnigen Freundin gratulieren?« Anaïs lachte aus vollem Halse. »Außerdem war es Zeit, nach dem Rechten zu sehen. Es ging nicht anders!«

»Und die Kinder?«

»Sind versorgt.«

»Wer kümmert sich um deine Mutter?«

»Ebenfalls versorgt. Mach dir mal darüber keine Gedanken.«

»Woher wusstest du, wann ich die Buchhandlung aufsperre?«

»Na, hör mal, du hast ein Schild an die Tür gehängt – da steht alles drauf. Ich habe den Nachtzug genommen, bin direkt hierher, immer für eine Überraschung gut, du kennst mich ja.« Sie grinste, zeigte auf ihr Gepäck. Ein Rollkoffer glänzte im Morgenlicht.

»Du siehst erholt aus«, bemerkte Lorianne.

»Fast acht Stunden Zugfahrt ohne Kinder – reinster Traumurlaub«, antwortete Anaïs und lachte dieses für sie typische laute Lachen tief aus dem Bauch heraus.

Lorianne wusste nichts von Anaïs' Plan, sie zu besuchen. Anaïs hatte ihr nichts verraten, obwohl sie oft telefonierten. Immer wieder hatte Lorianne sie angebettelt, sie möge doch vorbeikommen, mit dem Zug ginge es recht bequem, es sei so schön hier, sie werde ihr alles zeigen, sie müsse das sehen. Es käme ihr seltsam vor, dass sich ihr Leben derart geändert habe und ihre beste Freundin nichts davon wisse.

Lorianne umarmte sie noch einmal. »Komm, ich zeige dir alles.«

Eine gute Freundin ist der beste Spiegel, den es gibt. Lorianne erinnerte sich nicht, in welchem Buch sie diesen Satz einmal gelesen hatte. Sie wusste nur, dass er stimmte. Anaïs kannte Seiten von ihr, die weder ihr Mann noch ihre Eltern je zu Gesicht bekommen hatten. Anaïs sagte ihre Meinung, auch wenn sie Lorianne mit ihrer Ehrlichkeit wehtat. Sie wusch ihr den Kopf, wenn Lorianne es nicht wollte. Sie nahm sie in die Arme, wenn sie sie am meisten brauchte. Sie lachte über ihre Eigenarten, die ihr selbst und anderen auf die Nerven gingen. Sie verstand sie, ohne dass Lorianne sich erklären musste. Begann Lorianne einen Satz, beendete ihn Anaïs für sie – und umgekehrt.

Anaïs stellte auch diesmal die richtigen Fragen. Sie ließ sich nicht blenden von der schönen Hülle, die Lorianne erschaffen hatte, sie wollte mitten reinsehen, dorthin, wo es keinen neuen Anstrich gab, kein poliertes Metall. Sie fragte, ob Lorianne sich das alles so vorgestellt habe. – »Ja und nein.« – Ob sie sich überfordert fühle. – »Nein.« – Ob sie manchmal aufgeben wolle. – »Nein, auf gar keinen Fall!« – Ob sie glücklich sei. – »Ich bin nicht unglücklich. Aufgeregt. Unruhig. Nach wie vor rastlos.«

Später saßen sie nebeneinander auf der Steinstufe

vor dem Laden, aßen ein Sandwich von der Boulangerie gegenüber und betrachteten die Menschen, die an ihnen vorbeigingen.

»Ich verstehe, was dir an diesem Ort so gut gefällt. Alles scheint hier leicht zu sein. Es ist, als trage der Wind vom Meer die Sorgen fort.«

»Ja, so ist es«, bestätigte Lorianne, bevor sie einen großen Bissen von ihrem Brot nahm. »Man sieht das Meer nicht, man hört es nicht, nur gelegentlich glaubt man, es zu riechen. Aber wenn man länger hier ist, bläst einem der Wind die Sorgen wieder zurück.«

»Du meinst also, ich sollte früh genug abfahren, damit die Sorgen hierbleiben?«

»Ich meine, Gaspard hatte recht, als er sagte, ich würde mit einem verklärten, touristischen Blick auf diese Stadt und diese Gegend blicken.«

»Er vermisst dich.«

»Hast du mit ihm geredet?«

»Ja.«

»Wann?«

»Seit du ihm von deiner Affäre mit …«

»… es ist keine Affäre, es ist anders …«

»… jedenfalls ruft er mich an, seitdem du ihm von Amaury und dir erzählt hast. Eigentlich fast jeden Tag. Nur in letzter Zeit nicht. Er meinte, er bräuchte eine Auszeit – von allem.«

»Wieso ruft er ausgerechnet dich an? Ihr habt doch sonst nie wirklich einen Draht zueinander gehabt.«

»Ich bin deine beste Freundin. Wenn jemand etwas weiß über dich und wohin es dich zieht, dann wohl ich, oder? Abgesehen davon ist er verzweifelt. Er liebt dich. Er leidet. Wenn er mit mir redet, fühlt er sich dir näher. Ich verstehe das.«

»Ja.«

»Es ist ihm extrem schwergefallen, dir zu sagen, dass du ihn nicht mehr anrufen sollst. Er musste es tun, um auf sich achtzugeben – doch es ist nicht das, was er will. Das frisst ihn auf. Er versteht nicht, wie es so weit kommen konnte. Es ging alles so schnell. Selbst ich komme nicht mehr mit. Das habe ich ihm auch gesagt. Gaspard meint, wenn er es nicht besser wüsste, würde er denken, er stecke in einer Albtraumschleife fest. Er sagt, er habe dir all die Freiheit gegeben, die du eingefordert hast. Er habe dir geholfen und dich unterstützt, damit du dort sein kannst, wo du hinwolltest. Und als Dank gehst du ihm fremd und hältst ihn trotzdem an der langen Leine.«

»So ist es nicht.« Lorianne schüttelte energisch den Kopf.

»Ich weiß doch. Und trotzdem stimmt es, was er sagt. Ich verstehe euch beide, wobei ich Gaspard, ehrlich gesagt, ein bisschen besser verstehe als dich. Auch deswegen bin ich hier.«

Zwei Tauben landeten vor ihnen, pickten nach den Baguettekrumen. Schlank waren sie, wohl noch jung, und rotäugig. Das Gefieder am Hals schillerte blaugrün in der Sonne. Da flog eine dritte Taube heran, drängte sich zwischen die ersten beiden, schnappte sich geschwind den größten Krümel am Boden, flog wieder davon.

»Amaury will mit mir zusammenleben. Er war kurz davor, mir einen Heiratsantrag zu machen«, sagte Lorianne unvermittelt.

Anaïs starrte sie an, die Augen groß. »Teufel noch mal. Wie hast du reagiert?«

»Nicht gut. Ich war überfordert. Ich habe so getan, als verstünde ich ihn nicht. Letztendlich habe ich es als lustig abgetan.«

»Autsch.«

»Mir geht das alles zu schnell. Es gibt kein Durchschnaufen, keine Zeit zu reflektieren. Und trotzdem fühlt es sich richtiger an als früher. Also nicht als das Früher-Früher, sondern als das Zuletzt-Früher, verstehst du?«

»Ja.«

»Aber jetzt bröckelt etwas. Es ist, als würde bald nichts mehr von dem übrig bleiben, was mir Halt gibt. Amaury hat nie danach gefragt, wie es zwischen mir und Gaspard steht, ob wir uns getrennt haben. Er möchte es nicht wissen. Er möchte nur das sehen, was wir gerade leben und *er*leben.« Sie atmete tief durch. »Gaspard ist weit weg von mir. Meine Heimat ist weit weg. Meine Familie. Meine beste Freundin. Meine Arbeit. Mein altes Leben. Es ist, als hätte ich zwei, ein altes und ein neues. Manchmal wünschte ich, ich könnte sagen, ich sei verwirrt und stecke in einem Gefühlschaos. Ich wünschte, ich könnte behaupten, ich wisse nicht mehr, wo vorne und hinten ist, links und rechts. Aber so ist es nicht. Alles brennt in mir, wenn ich an Amaurys Berührungen denke, an seine Zärtlichkeit, sein Verlangen, seine Stimme, seine Energie, sein Aussehen. Da gibt es diese Lust und dieses Begehren – das möchte ich nicht verlieren. Ich bin wie besessen davon. Ich liebe es, mich Amaury hinzugeben. Ja. Ich liebe es. Und doch weiß ich genau, dass diese Leidenschaft nur für den Moment guttut und eigentlich zerstörerisch ist. Ich spüre es. Auch Amaury. Jedenfalls glaube ich, dass auch er es spürt. Er will mehr, als ich ihm geben kann. Doch das kann ich nicht. Wegen Gaspard. Gaspard und ich sind seit siebzehn Jahren verheiratet. Das kann ich nicht einfach wegwerfen. Es gab keinen Konflikt zwischen uns. Keinen Streit. Kann Verlangen alles andere auflösen? Die Vergangenheit? Die Wertschätzung? Die Zuneigung? Die Liebe, die ich für ihn habe, wenn auch anders? Das geht doch nicht.«

»Sagt wer?«

»Ich. Meine innere Stimme.«

»Aber worauf wartest du? Du verletzt gleich zwei Menschen, die dir am Herzen liegen. Willst du beide verlieren? Und am Ende gar dich selbst?«

»Vielleicht muss ich beide verlieren, um am Ende mich zu finden.«

»Das ist feige.«

Lorianne verscheuchte die beiden schlanken Tauben, die sich in der Zwischenzeit näher an sie herangepickt hatten.

»Ich habe Angst. Ich liebe Gaspard. Ich liebe ihn, als sei er ein Teil von mir. Er ist Familie. Aber ich liebe auch Amaury. Hast du nicht immer gesagt, dass eine Liebe die andere nicht automatisch ersetzt? Und ist es denn bei dir anders?«

»Ja. Ich bin überzeugt davon, dass Lieben nebeneinander existieren können. Aber nur wenn sie gleichwertig sind und wenn alle Beteiligten es genauso empfinden und auch so leben wollen. In deinem Fall ist es anders: Gaspard will dich nicht teilen. Amaury offensichtlich auch nicht. Und deine Liebe zu Gaspard scheint eine andere zu sein als die zu Amaury.«

»Ja, tiefer …«

»… aber auch ohne körperliche Anziehung …«

»Wie gesagt: Es gab sie mal.«

»Wo ist sie hin?«

»Verloren gegangen im Alltag. Ich weiß es nicht. Ich habe mich das oft gefragt. Wenn ich Gaspard liebe wie einen Bruder – und das tue ich –, kann er dann noch mein Mann sein? Unterscheidet nicht das Körperliche den Freund vom Liebhaber? Kann mein Ehemann nur Freund oder Familie sein?«

»Die Frage ist, kannst du die körperliche Liebe mit Gaspard zurückholen? Und würdest du es wollen?«

»Sie würde Amaury nicht ersetzen. Er würde nie wie Amaury sein. Und damit vergleiche ich die beiden – und das will ich nicht.«

»Du kannst nicht alles haben. Du kannst nur ehrlich mit dir sein. Und dazu gehört auch, Vergleiche zuzulassen, die du sowieso vornimmst, auch wenn du sie nicht willst.«

»Das sagt Gaspard auch«, sagte Lorianne.

»Wo er recht hat, hat er recht.«

»Auf welcher Seite stehst du?«

»Auf deiner. Aber ich verstehe Gaspards Position. Ich würde dich auch zurückweisen, bis du dich entschieden hast. Wahrscheinlicher ist aber, dass ich erst gar nicht darauf warten würde, bis du zu dir gekommen bist. Ich würde dich gleich auf den Mond schießen oder, noch besser: auf den Mars.« Sie nahm Loriannes Hand, küsste sie, stand auf und hob die Arme in die Luft, legte den Kopf in den Nacken. »Und jetzt genug geredet. Lass uns einen Ausflug machen. Ich will durchatmen, meine Freiheit genießen.«

»Er kam nicht, um zu bleiben. Er ging für immer. Ich hörte es am nächsten Tag in der Boulangerie. Verunglückt. Tot. Die arme Frau. Die armen Kinder. Ich schnappe nach Luft. Ich kann nicht atmen. Ich ersticke an der Fäulnis dieser Welt.«

Anaïs bestand darauf, dass sie sich ein Cabriolet ausliehen. »Ich wollte schon immer mal wie Grace Kelly in *Über den Dächern von Nizza* durch die Gegend fahren, offenes Verdeck, den Wind im Haar, die Sonne auf der Haut und das Gefühl, unendlich schön zu sein.«

»Du bist schön, Anaïs!«

»Danke fürs Lügen.« Sie schmetterte ihr ein tiefes Lachen entgegen. »Aber pass mal auf, was passiert, wenn ich es darauf anlege, wie ein Filmstar auszusehen. Du wirst mich nicht mehr wiedererkennen.«

Anaïs warf sich regelrecht in Schale. Das roséfarbene Kleid mit dem tiefen Ausschnitt stand ihr ausgezeichnet. Nur das schmale Seidentuch, das sie sich leger um den Hals gelegt hatte, wirkte wie aus der Zeit gefallen und ein wenig so, als hätte sie sich verkleidet. Die Sonnenbrille war einen Tick zu groß, das Kopftuch wollte nicht recht zum Tuch passen.

Lorianne musste laut loslachen, als Anaïs den Wagen vorfuhr und ihr mit unter dem Kopftuch hervorwehenden Locken und korallenrotem Mund die Autotür öffnete: »Auf geht's! Aber lass uns Platz tauschen. Du fährst, ich gucke. Immerhin bin ich die Touristin und du inzwischen fast eine Einheimische.«

Lorianne schlug den Weg nach Saumane-de-Vaucluse ein. Sie tat es wie automatisch. Es war immer gut, einen Plan zu haben. Und warum nicht die schöne Gegend ansehen, in der ihr Stammkunde lebte? Bei der

Gelegenheit konnte sie ihm die Bücher vorbeibringen, die er eben erst bei ihr bestellt hatte.

Es war ein besonders heißer Tag. Die Sonne brannte auf ihrer Haut, und Lorianne wünschte sich, das Verdeck zuzumachen und die Klimaanlage anzustellen. Doch Anaïs war dagegen.

»Auf gar keinen Fall. Sonst verliert das Cabrio seinen Zweck, und ich habe extra dafür bezahlt, dass das Auto kein Dach hat. Außerdem muss mein Tuch im Wind flattern, um stilecht zu sein.« Sie grinste, drehte die Musik noch etwas lauter, bewegte ihren Oberkörper im Takt des wabernden Discosounds, der aus dem Radio kam.

Es gab kaum Verkehr. Als die Straße schmaler wurde und in Serpentinen überging, sagte Anaïs, sie könne bis in alle Ewigkeit so vor sich hin fahren, ohne Ziel, nur der Sonne entgegen.

»Nicht ganz«, antwortete Lorianne. »Ich habe ein Ziel.«

»Ach ja? Wohin fahren wir denn?«

»Es gibt da einen Mann …«

»… noch einen?«

»Es ist anders.«

»Aha. Wie denn?«

»Dieser Mann bestellt eine Menge Bücher bei mir.«

»Und?«

»Er schreibt mir. Besser gesagt: Wir schreiben uns. Mich interessiert, wer er ist und wie er aussieht. Er war noch nie bei mir in der Buchhandlung.«

»Du bist immer für eine Überraschung gut, das muss ich dir schon lassen.«

»Ich habe ihn gegoogelt, aber leider gibt es keinen Eintrag. Dafür habe ich mir angesehen, wo er wohnt. Es sieht fantastisch dort aus, es wird dir gefallen. Mitten in den Hügeln. Die Aussicht ist gigantisch. Und es gibt genug *points de vue* auf dem Weg dorthin, wo wir anhalten und Rast machen können. Wir könnten auch eine kleine Wanderung unternehmen …«

»… und ihm bei der Gelegenheit seine Bestellung vorbeibringen?«

»Genau.«

Anaïs klatschte begeistert in die Hände. »Ich muss schon sagen, Lorianne, ich wusste gar nicht, was für eine Unternehmerin in dir steckt! Kein Weg umsonst. Nicht schlecht. Und nebenbei noch ein bisschen stalken. Wer hätte das gedacht?«

Lorianne lachte.

Es gab zwei Wege, die zu dem Haus führten. Lorianne hatte sich zuvor alles genau auf ihrem Laptop angesehen. Ein Zugang war mit *privat* gekennzeichnet und begann etwa hundert Meter vor dem Anwesen. Er war bekiest und zweigte von einem der ausgezeichneten Wanderwege ab, die am Haus entlangführten.

Anaïs zog ihre hochhackigen Sandalen aus, schleuderte sie auf die Rückbank. »Du kannst von Glück reden, dass ich mir noch andere Schuhe mitgenommen habe, sonst würden wir heute nicht weit kommen«, sagte sie und zog ein paar Turnschuhe unter dem Sitz hervor.

Lorianne schüttelte vergnügt den Kopf. »Großes Glück, ja.«

Der Wind in den Hügeln wehte um einiges stärker als in der Stadt. Er tat gut, kühlte die Hitze auf eine angenehme Temperatur. Lorianne ging langsam über den teils mit runden Steinen gepflasterten Weg. Sie genoss es, ihre Freundin bei sich zu wissen. Mit ihr zusammen fühlte es sich an wie Durchatmen, als verteilte sich die Last ihrer vielen Gedanken auf zwei Schultern.

Sie redeten nicht. Jede für sich bestaunte die mediterrane Schönheit der Landschaft. Sie gingen an Oleanderbüschen, Pinien und Trockensteinmauern vorbei. Eidechsen verschwanden in den Ritzen der Steine. Zwischen den Bäumen öffnete sich immer wieder ein freier, weiter Blick über die Hügel. Vögel zwitscherten fröhliche Lieder – ein reges Kommunizieren zwischen Bäumen und Sträuchern. Und der Himmel flirrte dazu, als stünde die Luft in Flammen. Sein Blau war von einem satten Azur, das zu betrachten einen inneren Frieden auslöste, wie ihn Lorianne schon lange nicht mehr empfunden hatte. Sie wusste nicht, ob es allein an der Farbe der Unendlichkeit des Himmels lag oder daran, dass Anaïs das vertraute Gefühl von Heimat mit in die Provence gebracht hatte, doch sie fühlte sich leicht wie ein Schmetterling, befreit und doch angeregt, als stünde etwas Berauschendes bevor.

Es dauerte nicht lang, bis sie von Weitem das Dach des Hauses sahen. Lorianne zögerte plötzlich. Sie fragte sich, ob es nicht vielleicht übergriffig war, einfach dort aufzutauchen, um zu sagen, dass sie die Buchhändlerin sei, bei der er seine Lektüre per E-Mail orderte. Immerhin hatte ihr der Mann geschrieben, dass er sich bewusst zurückgezogen habe. Andererseits hatte ihr dieser Mann derart offenherzig von seiner Situation berichtet, dass sie glaubte, er könnte sich über ihren Besuch freuen.

»Was ist los?«, fragte Anaïs.

»Ist es aufdringlich, wenn wir dort unangemeldet aufkreuzen?«

»Ich weiß nicht. Könnte schon sein.«

»Dann lassen wir es lieber, oder?«

»Lorianne! Erst so selbstsicher und jetzt …?! In jedem Fall bist du diejenige, die das entscheiden sollte. Nicht ich. Ich gehe hier nur ein bisschen wandern – es tut so gut, vom Wind durchgepustet zu werden.« Anaïs breitete die Arme aus. Die Locken, das Tuch, das Kleid, alles wehte in Richtung des Hauses, auf das sie zuhielten. »Ich habe das Gefühl, der Wind reinigt mich.«

Sie gingen weiter. Vor dem Schild, auf dem *privat* stand, lag die schwarz-weiße Katze. Das Tier sah kurz auf, als Lorianne und Anaïs sich ihm näherten. Lorianne bückte sich zu ihm hinunter, streichelte es. Die Katze fing an zu schnurren, stellte sich auf alle viere und drehte ein paar Achten um Loriannes Waden.

»Wenn ich es schaffe, dass uns die Katze begleitet, besuchen wir diesen Grégoire Marceaux.«

»Und wenn nicht? Gehen wir dann weiter?«

»Ja.«

»Wirklich interessant, wie du deine Entscheidungen fällst.«

Das Zutrauen der Katze zu gewinnen sei vielleicht das Wesentliche, das er gerade suche. Lorianne fragte sich, was ihr bester Kunde wohl damit gemeint hatte, während das Kätzchen weitere Runden um ihre Beine drehte.

Anaïs beschloss, nicht mitzukommen. Sie meinte, es sei besser, wenn Lorianne alleine dort auftauchte, um sich bei ihm vorzustellen und das Bestellte zu übergeben. Sie habe keine Lust, ihn mitzustalken, sondern nutze lieber die Zeit, um die Aussicht in Ruhe zu genießen. Außerdem habe Lorianne sowieso charmante Begleitung. Sie wies auf das Tier, das nun ein

Stück des Wegs vorweggelaufen war und darauf zu warten schien, dass Lorianne ihr endlich folgte.

Der Kies knirschte unter ihren Füßen. Lorianne spürte das Gewicht der Bücher in ihrem Rucksack. Sie konnte sich nicht erklären, weshalb sie so aufgewühlt war. Es ging um einen guten Kunden, dem sie eine Lieferung vorbeibrachte. Was war schon dabei? Und trotzdem lag da ein Zittern in der Luft, das sie elektrisierte.

Das Kätzchen vor ihr hielt immer wieder inne, drehte sich nach ihr um. Erst als Lorianne fast auf seiner Höhe war, hob das Tier seinen Hintern wieder an und stolzierte lässig und erhobenen Hauptes weiter.

Sie führt mich zu ihm, dachte Lorianne und freute sich über diesen Gedanken. Sie hoffte, die Katze würde nicht davonrennen, wenn Grégoire Marceaux die Tür öffnete – falls er überhaupt zu Hause war.

Lorianne hatte nie viel für Katzen übriggehabt. Erst seitdem das sandbraune Tier in L'Isle-sur-la-Sorgue ihre Nähe gesucht und sie während der gesamten Lektüre von Maribels Notizbuch angeschmust hatte, hatte sich das verändert. Seither sah sie die Schönheit dieser Tiere, ihre Eleganz, vor allem aber ihr freies Wesen, das darin bestand, sich Nähe und Zuneigung nur dann zu holen, wenn sie Lust dazu hatten, und nicht, wenn jemand anderes es von ihnen einforderte.

Eine Tür klackte am Ende des Wegs. Lorianne hörte genau, wie sie ins Schloss fiel, dann folgten gemächliche Schritte und das Zurückziehen eines Stuhls im Kies. Lorianne war sich nicht sicher, ob sie die Geräusche richtig interpretierte. Allerdings sah sie die kleine, gemütliche Sitzecke mit Blick ins Grüne vor sich, die sie an ihrem Laptop immer wieder herangezoomt hatte. Sie lag hinter dem Haus, dort, wo die Katze nun verschwand, ohne sich noch einmal nach Lorianne umzudrehen.

Aus der Nähe erklang ein Schnalzen, gefolgt von zärtlichem Rufen. Lorianne hörte, wie ein Mann, der nur ihr Kunde sein konnte, versuchte, die Katze zu sich zu locken. Als sie seine Stimme hörte, blieb sie abrupt stehen, spitzte die Ohren, lauschte in die Richtung, aus der seine Lockrufe kamen, vergewisserte sich, ob das, was sie vernahm, real sein konnte oder nur etwas mit dem Rauschen des Windes zu tun hatte. Dann, sicher nun, rannte sie los.

Sie sah ihn von hinten. Sie sah ihn sich umdrehen, wie in Zeitlupe. Sie nahm den kleinen braunen Vogel wahr, der über seinen Kopf flog und in einem Olivenbaum landete, aus dem er herabblickte auf die Szenerie, als wüsste das Tier, was da vor sich ging. Sie sah seine guten, grauen Augen, seinen intelligenten Blick. Sie sah, wie ihn der Blitz traf und ihn für einen Augenblick in seiner Bewegung erstarren ließ. Sie glaubte sein Herz bis zum Hals klopfen zu sehen, die Adern sichtbar angespannt. Sie sah, wie er sie anblickte, scheu, überrascht, aber auch verunsichert. Grégoire Marceaux – er war Gaspard.

»Die Trauer höhlt mich aus. Ich kann mich nicht verabschieden. Ich kann ihn nicht loslassen. Ich weine um ihn, leise nach außen, brüllend vor Schmerz nach innen. Es hat mich nicht gegeben. Sein Tod macht mich unsichtbar. Ich kann meinen Kummer nicht teilen, ihn nicht kleiden in schwarzem Gewand. Ich wünschte, ich könnte mit ihm aufgehen im Rauschen des Windes. Doch ich kann nicht. Ich darf nicht. Ich muss stark bleiben für seine Saat. Dort lebt er weiter, in mir. Dankbar bin ich dafür und zugleich so schwer, als zöge mich ein Felsbrocken zu Boden.«

»Was machst du hier?«, fragte sie, kaum hatte sie die Situation erfasst.

»Ich … ich wollte die Katze streicheln. Und ein paar Seiten lesen.« Er hob das Buch an, das Lorianne ihm erst kürzlich geschickt hatte. »Ich tanke auf. Ich bin … ich wohne jetzt hier, vorübergehend«, stammelte er, offensichtlich ebenso überrumpelt von Loriannes plötzlichem Auftauchen.

Von hinten näherte sich ihm langsam das Kätzchen. Es hatte Gaspard ignoriert, als er es gerufen hatte. Doch jetzt, da er mit Lorianne redete, kam es auf ihn zu, streifte kurz sein Bein, setzte sich dann direkt vor ihm hin wie eine Statue. Gaspard sah auf das Tier, dann auf Lorianne, dann wieder auf das Tier. Er schüttelte irritiert den Kopf, öffnete den Mund, ohne dass er etwas sagte. Erst nach einer Weile hob er den Blick von der Katze und sah Lorianne direkt in die Augen. »Die Frage ist doch«, begann er, »was machst *du* hier?«

Ein Teil von Lorianne wollte auf ihren Mann zurennen, ihn umarmen, ihm dafür danken, dass er hier war, auch wenn er gar nicht da sein sollte. Der andere Teil von ihr – und der war stärker – wollte ihn rütteln und anschreien, wie er sie nur so hintergehen konnte, wie er nur vorgeben konnte, jemand zu sein, der er nicht war. »Wer bist du, dass du nichts sagst?«, hörte sie sich reden. »Wer bist du?« – ein Flüstern, als zerreiße der Wind ihre Worte.

Gaspard antwortete nicht. Er stand da und musterte sie. Nur das Kätzchen rührte sich aus seiner statuenhaften Starre, reckte sich, die Pfoten weit nach vorne gestreckt, das Hinterteil gen Himmel. Lorianne beobachtete es, empfand den Moment als grotesk, fast zum Loslachen, wenn der innere Aufruhr nicht so stark gewesen wäre.

»Ich habe dich nicht hintergangen«, sagte Gaspard trocken. »Du wolltest weg von mir. Du hast dich gegen uns entschieden. Ich habe lange gebraucht, um damit klarzukommen. Ich bin hier, aber ich bin dir keine Rechenschaft schuldig. Es geht mir gut, das ist das, was gerade zählt für mich.«

Gaspards Worte und die Kühle, die in ihnen mitschwang, schmerzten Lorianne. Sie schämte sich dafür, ihn so angegangen zu sein. Er hatte alles Recht der Welt, das zu tun, was ihm guttat. Hatte sie es nicht auch so gemacht? Wie konnte sie ihm vorwerfen, dass er sie hinterging, wenn sie doch diejenige war, die ihn betrogen hatte?

»Entschuldige bitte«, sagte sie. »Du hast recht. Aber weshalb Grégoire Marceaux?«

Er sah sie an. »Ich weiß es nicht. Es gibt keinen vernünftigen Grund dafür. Vielleicht wollte ich mich dir nahe fühlen, ohne dir nah zu sein. Vielleicht habe ich eine selbstzerstörerische Ader, die mir bislang noch nicht bekannt war. Vielleicht habe ich geglaubt, so besser zu verstehen.«

Lorianne biss sich auf die Unterlippe. Sie wusste, wie es war, Dinge zu tun, die keinen Sinn ergaben, einen aber auf eine seltsame Art beruhigten. Wie oft hatte sie das Handy zur Hand genommen und angefangen, Gaspard zu schreiben, wie sie sich fühlte und wie ihr Tag verlaufen war. Schon bei den ersten Worten hatte sie gewusst, sie würde die Nachricht niemals losschicken – und dennoch hatte sie weitergetippt, oft so lange, bis sie den Eindruck hatte, sich besser zu fühlen. Grégoire Marceaux musste so ein Ventil für Gaspard gewesen sein. »Und verstehst du seither besser?«, fragte sie leise.

Gaspard schüttelte den Kopf. »Nein. Aber ich habe verstanden, dass es nicht darum geht, zu verstehen, sondern zu akzeptieren. Und ich habe verstanden, dass es besser gewesen wäre, dir ein selbstbewusstes Gegenüber zu sein. Stattdessen verlor ich mich in Aktionismus, ignorierte deinen Antrieb, weil ich ihn nicht wahrhaben wollte. Ich tat alles, um dir und deinen Zukunftsvorstellungen gerecht zu werden, auch wenn sie nichts mehr mit mir zu tun hatten. Ich dachte an dich und verlor mich dabei. Wie kannst du jemanden noch lieben, der sich selbst verloren hat? Das geht nicht. Seit ich hier bin, raus aus allem, was mir vertraut und lieb ist, verhält sich vieles anders. Mein Blick hat sich geweitet. Ich merke, wie die Trauer über unsere Trennung leiser wird, wie ich ohne Angst und Groll wieder nach vorne sehe. Das fühlt sich gut an.«

»Was ist mit deiner Arbeit?«

»Sabbatical.«

»Ich hätte nie gedacht, dass du dich einmal auch nur einen Tag von ihr trennen könntest.«

»Und ich hätte nie gedacht, dass ich mal an den Punkt kommen würde, zu sagen, dass ich nicht mehr zurückwill.«

»Willst du nicht?«

»Nein.«

»Nein?«

»Ich kann es mir nicht mehr vorstellen, nein.«

»Wieso? Du warst immer glücklich und zufrieden mit dem, was du gemacht hast.«

»Ich war auch glücklich mit dir.«

Lorianne senkte den Kopf. »Ja.«

Er sah sie an.

Sie sah ihn an.

Etwa zehn Meter zwischen ihnen. Leicht zu überwinden und doch zu viel für den Moment.

»Weiß Anaïs, dass du hier wohnst?«

»Nein, wieso sollte sie?«

»Sie sagte, ihr hättet viel telefoniert, seit … Und sie ist hier.«

»Wo hier?«

Lorianne drehte sich um, zeigte auf den Anfang des Weges. »Sie wartet dort auf mich.«

Gaspard warf ihr einen ungläubigen Blick zu.

»Wenn ich's dir sag!«, sagte Lorianne.

»Warum ist sie nicht bei dir?«

»Sie dachte, es wäre zu aufdringlich, wenn gleich zwei unangekündigt bei meinem Stammkunden aufkreuzen, um die Nachschublektüre vorbeizubringen«

»Du wolltest mir die Bücher bringen?«

»Ja, was dachtest du? Ich hatte ja keine Ahnung, dass du es bist. Ich dachte, ich treffe auf Grégoire Marceaux.«

Das Kätzchen löste sich in dem Moment aus seiner Position, näherte sich Gaspard und rollte sich schließlich vor seinen Füßen zusammen.

»Scheint, als hättest du ihr Zutrauen endlich gewonnen«, meinte Lorianne und zeigte auf die Katze.

Gaspard ging in die Knie, streichelte sachte über das schwarz-weiße Fell des Tiers. »Ja, sieht so aus«, bestätigte er. »Allerdings frage ich mich, ob die Katze hier läge, wenn du nicht vor mir stündest.«

»Stimmt. Sie ist mit mir gekommen. Besser gesagt: Sie hat mir den Weg gezeigt. Ich konnte nicht anders und bin ihr gefolgt.« Jetzt lächelte auch Gaspard. »Scheint ein schlaues Tier zu sein.«

»Gerissen, ja«, bestätigte Lorianne.

»Bleibst du?«, fragte er.

Lorianne starrte ihn an.

»Ich meine jetzt, für einen Kaffee.«

Lorianne nickte. »Ja. Ich bleibe.«

»Willst du Anaïs fragen, ob sie sich zu uns gesellen mag?«

»Anaïs ist wie eine Katze. Sie kommt nur dann, wenn man sie *nicht* ruft. Um sie mache ich mir keine Gedanken. Sie weiß, wo ich bin.«

»In Ordnung.« Gaspard erhob sich, das Kätzchen nun auf seinem Arm. Langsam ging er in Richtung Haus.

»Wie einsam kann ich sein, allein? Wie, zu zweit?«

Lorianne sah sich um.

Von dieser Seite des Hauses hatte man einen fantastischen Blick über den großen, weitläufigen Garten und über die hügelige Landschaft. Alles war friedlich hier. Die Geräusche der Natur, die Hitze der Sonne, der Wind, der sie erträglich machte, die vielen, Kraft ausstrahlenden Bäume, die blühenden Sträucher.

Sah Lorianne nach links, erhoben sich drei schlanke Zypressen wie freundliche Wächter dieses Anwesens. Sah Lorianne geradeaus, eröffnete sich ein weites Panorama über das gesamte Tal, an dessen Ende sie das Meer erahnte, das zu weit weg lag, um es tatsächlich erblicken zu können. Doch der Horizont in der Ferne traf auf ein anderes, tieferes Blau, das den Anschein erweckte, als verschmelze es mit dem Meeresspiegel. Sah Lorianne nach rechts, so lockte sie ein kleiner, schmaler, weiß besteinter Weg in einen Teil des Gartens, den sie über Google Maps nicht hatte einsehen können. Ein gepflegtes Karree breitete sich vor ihr aus und endete an einer halbhohen Sandsteinmauer, hinter der ein Dickicht aus Sträuchern begann. Sechs kleine Pfirsichbäume standen davor in Reihe, umsäumt von einem Feld mit dem für die Provence so typischen Lavendel.

Lorianne schritt über die kleinen, abgerundeten Steine, stellte sich mitten hinein in das satte, violette Karree, saugte mit geschlossenen Augen den süßen Duft der Pflanzen ein, der sich mit der Thymian-Rosmarin-Würze des Windes vermengte. Sie stellte sich vor, wie sich ihre Lungen mit diesem ätherischen Parfum füllten, und fühlte sich beseelt, als sei sie am Ende einer langen Reise angekommen. Sie bückte sich, noch immer mit geschlossenen Augen, legte ihre Hand auf die Lavendelblüten, vernahm das Summen der Bienen, arbeitsam und klangvoll schön. Für einen Augenblick war es ihr, als bewege sich der Boden unter ihren Füßen, als würde alles weich und biegsam werden. Sie dachte an den ersten Urlaub zurück, den sie mit Gaspard in L'Isle-sur-la-Sorgue verbracht hatte, daran, wie sie eines Nachts spazieren gegangen waren, beschwipst nach einem ausgiebigen Essen, verliebt und frei. Sie erinnerte sich an den Wind, der plötzlich aufgekommen war, und wie sie bei Gaspard Schutz vor ihm gesucht hatte, wie er versucht hatte, ihren Körper beim Gehen mit seinem zu bedecken, damit der Wind sie nicht zu sehr streifte, wie er sie immer näher zu sich heranzog, dass sie fast stolperte, weil sich ihre Beine im Weg standen, wie sie lachen musste, da sie sich von außen sah und das Bild eines torkelnden Liebespaars sie amüsierte, wie er ihren Arm festhielt, so fest, als könnte sie davonfliegen, wie er ihr ins Ohr flüsterte, dass er ihr immer etwas von seiner Wärme abgeben werde, damit sie nur nicht friere.

Ein Geräusch wie das Klappern einer Tür. Lorianne öffnete die Augen wieder und sah, wie Gaspard aus dem Haus trat und ihr entgegenkam. Sie kniff sich in den Unterarm, um zu überprüfen, ob sie nicht nur träumte, ob das gerade Wirklichkeit war. Sie beobachtete seinen Gang, seinen Ausdruck im Gesicht. Sie kannten sich so gut – und doch gab es etwas an ihm, das ihr neu war. Es lag an seinem Blick, seiner Art, wie er sich ihr gegenüber verhielt. Selbstbewusst, aber nicht vereinnahmend, verletzt, aber nicht devot. Es gefiel ihr.

Bei ihr angekommen, streckte er ihr die Tasse entgegen. Kräftig war der Kaffee und schwarz, als wüsste er, wie sie ihn neuerdings trank.

»Wie viel Liter Kaffee werden wir in unserem Leben wohl schon getrunken haben?«, fragte sie.

Gaspard kniff die Augen zusammen, legte den Kopf schief. »Eine Menge, würde ich sagen. Falls das wichtig ist, rechne ich es dir ungefähr aus, du weißt ja, für mich als Ingenieur ist das kein Problem …« Er grinste.

Lorianne fuhr sich durchs Haar, grinste zurück. »Ja«, sagte sie, »kein Problem für dich … Hast du den Garten hier angelegt?«

»Nicht alles. Aber ich habe einiges verändert. Das habe ich mir seit einiger Zeit zur Aufgabe gemacht. Es erfüllt mich.«

»Sieht professionell aus!«

Gaspard trank einen Schluck. »Und wie läuft deine Buchhandlung?«

»Gut. Am Anfang gar nicht. Doch inzwischen bin ich angekommen. Ich habe mir einen Namen gemacht, so wie Maribel einst.«

»Ich wusste, dass du es schaffst.«

»Da wusstest du mehr als ich. Ich habe sehr an mir gezweifelt.«

»Ich habe immer an dich geglaubt.«

»Ich weiß. Zu sehr. Versteh mich nicht falsch. Ich hatte oft den Eindruck, ich könnte nicht ich selbst sein und etwas auf die Beine stellen, weil du immer schon da warst, um alles für mich zu erledigen.«

»Das tut mir leid«, antwortete Gaspard. »So habe ich das nie gesehen. Es war falsch von mir.«

»Jetzt ist es ja anders.«

»Ja.«

Gaspard hob den Kopf, schaute über das Tal hinweg, hielt einen Moment inne. Er sah unendlich traurig aus, wie er so dastand und die Landschaft auf sich wirken ließ.

»Bist du glücklich mit Amaury?«

Lorianne atmetet durch, da fuhr Gaspard fort: »Weißt du, ich mag ihn. Es kommt nicht oft vor, dass ich jemanden kennenlerne, der mir sofort freundschaftlich vertraut ist. Bei Amaury war das so, schon bei unserer ersten Begegnung. Es mag vielleicht grotesk klingen, aber ich kann verstehen, warum du dich von ihm angezogen fühlst, genauso wie ich verstehen kann, dass er sich in dich verliebt hat.«

Lorianne schluckte. »Er will mit mir zusammenziehen. Er sprach von einem Haus in den Hügeln, das seiner Beschreibung nach diesem hier sehr nahekommt.« Sie wusste nicht, weshalb sie das sagte. Vielleicht lag es an Gaspards schonungsloser Offenheit. Sie hatte das Gefühl, ihm alles sagen zu müssen, was Amaury und sie betraf. Sie dachte daran, wie sie Amaury von Grégoire Marceaux erzählt hatte – an dem Tag, als sie die erste Nachricht von ihm bekommen hatte. Er war ihr gegenübergesessen und hatte am Wein genippt, bordeauxrot wie das Hemd, das er trug. Amaury zuckte nur mit den Achseln, als sie geendet hatte, sagte, es gäbe einige hier in der Gegend, die sich zurückzögen, um sich selbst zu finden, allein bei ihm auf der Kunsthochschule hätte er eine Menge mit solchen Leuten zu tun. Die Provence sei voll davon.

Mit solchen Leuten … Lorianne hatte aus dem Fenster geblickt. Das Blatt einer Platane hatte sich gelöst, segelte zu Boden, drehte sich dabei mehrmals um die eigene Achse. Ob sie nicht auch hierhergekommen sei, um etwas zu suchen, was sie in ihrer Heimat nicht gefunden habe, hatte er weitergefragt. »Ja«, hatte Lorianne geantwortet und den Blick vom Fenster abgewandt. »Auch ich gehöre wohl zu diesen Leuten, wie du sagst, die weggegangen sind, um … und dennoch: Mich machen die Zeilen dieses Mannes neugierig. Es ist, als wüsste er, dass mich das Ende seiner Suche interessiert.«

Wieder hatte Amaury mit den Achseln gezuckt und gefragt, ob es vielleicht daran läge, dass sie selbst schon gefunden habe, was sie suche, dass sie es vielleicht nur noch nicht wisse. In dem Moment hatte sie gespürt, was ihr jetzt, da sie vor Gaspard stand, klar geworden war: Ihr Feuer brannte nicht mehr so hoch wie am Anfang. Es war dabei, zu erlöschen.

Lorianne sah aus ihrer Erinnerung auf und Gaspard direkt in die Augen. Da erkannte sie, wie ihre Worte ihn aufgewühlt hatten. Sein ganzer Körper war in Bewegung, wehrte sich gegen ihre Ehrlichkeit. Er versuchte, ihr etwas zu sagen, doch sein Mund öffnete und schloss sich nur, ohne dass ihm auch nur ein Satz entkam.

»Ich habe Amaury geantwortet, dass ich das nicht kann«, beeilte sich Lorianne zu sagen.

»Wieso?«, fragte Gaspard, die Stimme dünn, ein Hauchen nur.

»Ich wusste den Grund nicht, als ich es ihm sagte. Ich spürte ihn nur. Aber jetzt weiß ich, warum es mir nicht möglich ist, mit ihm diesen Weg zu gehen.«

Große, graue Augen.

»Es gibt da etwas, das ich fast vergessen hatte.«

»Hätte ich gewusst, wie viel Zeit uns bleibt, ich wäre mit ihm fortgegangen zu all den Paradiesen, die es nicht gibt, nur in uns.«

DANKSAGUNG

Für Inspiration, Mut, Geduld, Zuversicht, kluge Anmerkungen, Begleitung und Unterstützung danke ich meinem Mann, meinen Kindern, meiner Mutter, meiner Freundin, meiner Agentin, meinem Verlag und meiner Lektorin Christine Steffen-Reimann. Vor allem aber danke ich meinen Leserinnen und Lesern für ihre Treue und ihren Zuspruch.

Ein zauberhafter Roman über die Liebe,
was sie mit uns anstellt und wie wir sie finden

Claire Stihlé

WIE UNS DIE LIEBE FAND

Roman

Bois-de-Val am Fuß des Sonnenbergs im Elsass: Madame Nanon, 92 Jahre alt und von allen liebevoll Madame Nan genannt, hat so manches erlebt in dem kleinen Dorf mit der guten Luft. Frankreich, Deutschland, Frankreich – schon immer war ihre Region Spielball politischer Interessen und Machtansprüche. Dann kehrt endlich Ruhe ein – bis Madame Nans älteste Tochter Marie eine Erfindung macht, die der Familie nicht nur Ansehen und Geld, sondern den Dorfbewohnern auch jede Menge Liebestaumel beschert. Das Glück scheint perfekt zu sein, gäbe es da nicht die Geschichte mit Monsieur Boberschram, Madame Nans Nachbarn, in den sie sich verliebt, ohne zu wissen, dass sie eine gemeinsame Vergangenheit haben, die alles andere als verbindet.

DROEMER

Ein Leseerlebnis, das Herz und Seele wärmt

Claire Stihlé

DER ORT DER VERLORENEN HERZEN

Roman

Anouk hat wenig Grund, sich auf Weihnachten zu freuen: Obwohl sie sich eine Familie wünscht, lebt sie allein. Da erhält sie eine Nachricht von Antoine, der das Chalet ihrer verstorbenen Eltern übernommen und zu einem Refugium für Singles ausgebaut hat. Er möchte in dem idyllisch gelegenen Haus in den Vogesen Menschen versammeln, die sich an Weihnachten noch verlorener fühlen als sonst schon. Außer Anouk folgen vier weitere Gäste seiner Einladung. Alle sind sie auf der Suche nach etwas. Als sie von einem heftigen Schneesturm eingeschlossen werden, kommen sie sich allmählich näher. Gibt es für sie am Ende doch noch den Zauber von Weihnachten, der ihnen zeigt, dass sie nicht allein sind auf der Welt?

DROEMER